Enid Blyton • Die verwegenen 4 in großer Bedrängnis

OMNIBUS

DIE AUTORIN

Enid Blyton starb 1968 im Alter von 71 Jahren. Bereits zu Lebzeiten war sie eine der beliebtesten und bekanntesten englischen Autorinnen. Es gibt wohl kaum einen Schriftsteller, der größeren Einfluss auf das Kinderbuch der Nachkriegszeit hatte. Enid Blyton liebte die Kinder in aller Welt und schrieb für sie etwa 700 Bücher, 10 000 Kurzgeschichten, viele Lieder, Gedichte und Theaterstücke.
Von Enid Blyton sind bei C. Bertelsmann bzw. OMNIBUS die folgenden Reihen erschienen: »Fünf Freunde«, »Fünf Freunde und Du«, »Die verwegenen 4«, »Die schwarze 7«, »Rätsel um …« und, als Sammelband, »Lissy im Internat«.

Enid Blyton

Die verwegenen 4 in großer Bedrängnis

OMNIBUS

OMNIBUS

Der Taschenbuchverlag
für Kinder und Jugendliche
von C. Bertelsmann,
München

Band 20487

Siehe Anzeigenteil am Ende des Buches
für eine Aufstellung der bei OMNIBUS
erschienenen Titel der Serie.

Umwelthinweis:
Dieses Buch wurde auf chlorfrei gebleichtem
Papier gedruckt.

Erstmals als OMNIBUS Taschenbuch Februar 1998
Gesetzt nach den Regeln der Rechtschreibreform

Die Originalausgabe erschien 1947 unter dem Titel
»The Adventurous Four Again!«.

Aus dem Englischen von Ilse Winkler-Hoffmann
Umschlagbild und Innenillustrationen: Silvia Christoph
Umschlagkonzeption: Klaus Renner
bm · Herstellung: Stefan Hansen
Layout: Martin Strohkendl
Druck: Presse-Druck Augsburg
ISBN 3-570-20487-1
Printed in Germany

10 9 8 7 6 5 4 3 2 1

I

Peggy hat eine Idee

»Aber Kinder, nun seid doch vernünftig«, sagte Mrs. Arnold beschwichtigend mit einem raschen Blick in die enttäuschten Gesichter ringsum. »Vater kann doch wahrhaftig nicht Nein sagen, wenn man ihn bittet, für einen erkrankten Kollegen einzuspringen und einen Flug nach Südamerika zu übernehmen. Wir holen die Reise zu einem späteren Zeitpunkt bestimmt nach, vielleicht in den Sommerferien.«

»Ach, das wird ja doch nichts, dann kommt auch im letzten Augenblick etwas dazwischen«, maulte Peggy, während sie, wie es ihre Gewohnheit war, auf einem ihrer blonden Zopfenden kaute.

Doch die Mutter überhörte den Einwand und fuhr in aufmunterndem Ton fort: »Ihr könnt auch hier zu Hause eine schöne Zeit verleben. Die Köchin hat sich bereit erklärt zu bleiben und kocht euch sicher eure Lieblingsgerichte, und Ranny, der auf mein Telegramm an Mr. King hin höchstwahrscheinlich sehr bald kommt, wird vielleicht hin und wieder einen Tagesausflug mit euch unternehmen.« Aber auch diese Aussicht schien nicht geeignet, die Gemüter aufzuheitern. Peggy kaute weiter mit finster zusammengezogenen Brauen auf ihrem Zopfende, die dunkelhaarigen Zwillinge Lissy und Chris seufzten tief auf, und nur Ben, der Älteste, machte den tapferen Versuch, ein wenig zu lächeln.

Mrs. Arnold nickte ihm dankbar zu. Ja, auf Ben konnte man sich verlassen. Stets übte er in seiner ruhigen, gleichmäßigen Art einen günstigen Einfluss auf die Übrigen aus, und sie und ihr Mann hatten es noch niemals bereut, dass sie den elternlosen Jungen vor Jahren an Kindes statt angenommen hatten.

»Und was wird Larry sagen?«, unterbrach Chris diese Überlegungen. »Larry hat sich bestimmt auch furchtbar auf die Reise mit Vater und dir und uns allen gefreut. Und schließlich kommt er extra deswegen aus Amerika hierher!«

»Nun, wohl doch nicht extra deswegen«, wandte die Mutter belustigt ein. »Ich nehme an, er kommt vor allen Dingen, um euch, seine Freunde, wieder zu sehen, um mit euch die Ferien zusammen zu verleben. Ob das nun hier oder anderswo geschieht, wird ihm, wie ich ihn kenne, ziemlich gleichgültig sein.«

»Das glaube ich auch«, meinte Ben nachdenklich – eine Bemerkung, die ihm von Seiten seiner Geschwister empörte Blicke eintrug. Hatten sie nicht alle versuchen wollen, die Mutter umzustimmen?

»Und ich war immer der Ansicht, euch erginge es

ebenso«, fuhr sie nun lächelnd fort. »Jedenfalls habe ich euch oft genug sagen hören: ›Die Hauptsache ist, dass Larry kommt!‹«

Auf diese Worte wusste keines der Kinder etwas zu entgegnen, da sie voll und ganz der Wahrheit entsprachen. Nein, ohne den amerikanischen Millionärssohn, mit dem sie seit dem Tag, als sie ihn aus größter Gefahr errettet hatten, innige Freundschaft verband, konnten sie sich ihre Ferien gar nicht mehr vorstellen.

»Und nun macht keine so betrübten Gesichter mehr. Ihr sollt sehen, ihr werdet trotz allem euren Spaß haben.« Es schien ganz so, als sähe die Mutter das Gespräch für beendet an, denn nach einem nochmaligen aufmunternden Nicken in die Runde wandte sie sich zum Gehen. Aber sie hatte die Rechnung ohne den Wirt, in diesem Fall ohne ihre Jüngste gemacht. Die eben noch so finster dreinschauende Peggy ließ plötzlich das Zopfende fahren und sagte schnell, in beinahe beschwörendem Ton: »Könnten wir nicht wieder zu Miss Jones nach Spiggy Holes fahren?«

Doch die Mutter lehnte diesen Vorschlag mit energischem Kopfschütteln ab.

»Nein, nein, das geht nicht, so Leid es mir tut. Wir können der armen Miss Jones doch nicht zumuten, von einem Tag zum anderen fünf Kinder aufzunehmen, zu versorgen und zu beaufsichtigen.«

»Versorgen tut uns Mrs. Fass«, widersprach Lissy eifrig.

»Unser Fässchen«, murmelte Peggy, deren Augen in Gedanken an die gute Mrs. Fass und ihre köstlichen Gerichte zu leuchten begannen.

»Und beaufsichtigen kann Ranny uns«, fügte Chris triumphierend hinzu. »Ranny ist es bestimmt egal, ob er hier oder in Spiggy Holes auf Larry aufpasst.«

»Aber Miss Jones wohl kaum«, wandte die Mutter lachend ein. »Denn dann müsste sie noch eine sechste Person beherbergen und das würde ihr sicher einige Schwierigkeiten bereiten. Also seid vernünftig, Kinder.«

»Vernünftig! Wenn ich das schon höre«, murmelte Chris erbost und sah seiner hinausgehenden Mutter mit finsterem Blick nach.

»Na, lass gut sein«, sagte Ben begütigend und klopfte ihm auf die Schulter. »Mutter hat ja Recht, und hier wird es auch schön, pass nur auf.«

Aber trotz dieser tröstlichen Versicherung ließ die allgemeine Stimmung noch immer sehr zu wünschen übrig und hob sich erst gegen Abend, als kurz vor dem Schlafengehen das Gespräch auf die bevorstehende Ankunft Larrys kam.

»Morgen um diese Zeit ist er schon hier«, sagte Chris, während sie die Treppe zu ihren Zimmern hinaufliefen. »Freut ihr euch auch so auf ihn?«

Ja, sie freuten sich alle. Im Schein der Nachttischlampe hockten sie nebeneinander auf dem Rand von Chris' Bett und tauschten Erinnerungen aus. Wie viel Seltsames und Aufregendes hatten sie schon gemeinsam mit ihrem Freund erlebt! Angefangen vom Tag ihres Kennenlernens, als sie ihn aus den Fängen einer Gangsterbande befreiten. Seltsamerweise war die sonst so lebhafte Peggy unverhältnismäßig still. Gedankenverloren kaute sie auf ihrem Zopfende und schien sogar Bens freundliches »Na, schmeckt's?« zu überhören, eine Bemerkung, die sie zu jeder anderen Zeit in Harnisch gebracht hätte. Und nicht einmal ihrer Schwester Lissy, die sie hin und wieder mit einem verwunderten Blick streifte, vertraute sie an, was sie so beschäftigte. Sie verhinderte sogar, als sie beide endlich in ihr Zimmer gingen, jede unliebsame Frage, indem sie mit herzhaftem Gähnen vorgab, zum Umfallen müde zu sein.

In Wahrheit konnte die arme Peggy vor lauter Aufregung kein Auge zutun. Ihr war nämlich ein wunderbarer Gedanke gekommen, und wenn es ihr gelang, ihn in die Tat umzusetzen, sollte es für die anderen eine ganz große Überraschung werden. Wie wäre es, wenn sie Miss Jones anriefe? Ihr erzählte, wie die Dinge lagen, sie einfach fragte, ob sie ihre Ferien in Spiggy Holes verleben dürften. Obendrein wollte sie Miss Jones bitten, ihre Mutter anzurufen, ohne von ihrer, Peggys, List etwas zu verraten. Miss Jones würde mit Freuden ja zu allem sagen und die Mutter zu einer solchen Einladung nicht nein, davon war Peggy felsenfest überzeugt! Die Schwierigkeit bestand nur darin, ein Gespräch nach Spiggy Holes zu führen, ohne dass jemand etwas merkte. Und während sie noch darüber nachdachte, durchfuhr sie plötzlich ein tiefer Schrecken. Es fehlte nicht viel und sie hätte ein zweites Mal aus tiefstem Herzensgrund geseufzt. Wenn Miss Jones nun verreist war? Hatte sie nicht im vergangenen Herbst davon gesprochen, dass sie im Frühjahr eine Verwandte in London besuchen wollte? Ach, dann mussten sie doch zu Hause bleiben! Dann gab es kein Wiedersehen mit der immer so freundlichen alten Dame, der guten Mrs. Fass, mit Georg und der Seemöwe, seinem Schiff, und kein Wiedersehen mit weißem Strand und blauem Meer! Nun seufzte Peggy doch, wenn auch nur verstohlen. Dann aber sprach sie sich selber Mut zu. Konnte es nicht sein, dass Miss Jones schon längst von ihrer Reise zurückgekehrt war oder erst viel später fuhr oder den Plan überhaupt aufgegeben hatte? Und ehe der übermüdeten Peggy die Augen endlich zufielen, dachte sie noch: »Vielleicht haben wir ja doch Glück!«

II
Zwei Telefongespräche

Der nächste Tag begann damit, dass der Postbote ein Telegramm mit einer Neuigkeit ins Haus brachte, die Mrs. Arnold einige Sorge bereitete. Ranny, den Larrys Vater, Mr. King, als Beschützer für seinen Sohn seit dessen Entführung eingestellt hatte, konnte nicht kommen, jedenfalls nicht sofort. Er war in seinem Urlaub mit unbekanntem Ziel verreist, und es würde einige Tage in Anspruch nehmen, ehe man ihn ausfindig gemacht hatte.

»Zu ärgerlich«, murmelte Mrs. Arnold und faltete das Telegramm mit besorgter Miene zusammen. »So nett und ordentlich unsere Köchin auch sein mag, für eine Aufsichtsperson ist sie doch ein wenig zu jung.«

»Da wäre Miss Jones besser geeignet«, sagte Peggy scheinheilig und wünschte nichts sehnlicher, als dass sich bald eine Gelegenheit bieten würde, um unbemerkt zu telefonieren. Und sie sollte Glück haben. Denn nachdem die Mutter beschlossen hatte, die Angelegenheit mit dem Vater zu besprechen, der am Abend gemeinsam mit Larry nach Hause kommen würde, fuhr sie mit einem Blick in die Runde fort: »Ich habe heute Vormittag noch etwas Wichtiges zu erledigen. Wollt ihr die Einkäufe übernehmen?«

Selbstverständlich erklärten sich alle sofort bereit, denn angesichts des Besuches von Larry gab es sicher allerlei Köstlichkeiten zu besorgen, worin sie sich nicht täuschten. Nur Peggy lehnte es seltsamerweise ab, die anderen zu begleiten. »Ich habe Kopfschmerzen«, sagte sie schnell und wurde feuerrot.

»Du meinst Zopfschmerzen.« Ben, der seine kleine Schwester zu gern ein wenig neckte, grinste. Aber ehe sie mit einem empörten »Pah!« antworten konnte, legte die Mutter die Hand auf die Stirn ihrer Jüngsten und fragte: »Du hast doch hoffentlich kein Fieber? Deine Augen glänzen so merkwürdig!«

»Nein, nein, mir geht es sonst wunderbar«, versicherte Peggy hastig, entsetzt bei dem Gedanken, die Mutter könne sie ins Bett stecken und gar nicht ausgehen. »Mir tut der Kopf auch nur ein ganz klein bisschen weh. Wahrscheinlich habe ich zu fest geschlafen.«

»Zu fest geschlafen«, wiederholte Chris und tippte mit dem Zeigefinger gegen seine Stirn. »Bei dir piept's wohl!«

»Nun lass sie in Ruhe«, sagte die Mutter. »Sie geht am besten mal an die frische Luft, in den Garten, nicht wahr?«

Glücklich darüber, dass die Gefahr gebannt war, sagte Peggy bereitwillig: »Ja, natürlich!« Unter diesen Umständen hätte sie auch versprochen, zum Mond zu gehen. Sie schlich, als alle das Haus verlassen hatten, durch die Diele zum Telefon.

Dort wartete sie, den Hörer ans Ohr gepresst, mit klopfendem Herzen darauf, dass Miss Jones sich meldete, und die Sekunden schienen ihr wie Ewigkeiten. Ach, wenn sie doch da wäre! Einen anderen Gedanken hatte die arme, aufgeregte Peggy nicht mehr.

Und einen Augenblick später rief sie mit einem tiefen Seufzer der Erleichterung: »Gott sei Dank!«

»Wie bitte?«, fragte die erstaunte Miss Jones am anderen Ende der Leitung und gleich darauf: »Wer ist denn dort?«

»Ich bin's, Peggy«, flüsterte Peggy und sah sich verstohlen um. Du liebe Zeit, hoffentlich hatte sie nicht die Köchin durch ihr Geschrei alarmiert.

»Wie bitte?«, fragte Miss Jones von neuem, und Peggy, die aufatmend feststellte, dass alles ruhig blieb, wiederholte in normaler Lautstärke: »Ich bin's, Peggy Arnold.«

»Du, mein Kind? Das ist aber schön! Das heißt, es ist doch nichts passiert? Es ist doch alles in Ordnung bei euch?«

»Ja, ja«, sagte Peggy schnell. »Es ist nur … wir wollten nur … wir wollten Sie nämlich … ich wollte Sie nämlich um etwas bitten. Aber es geht nur, wenn Sie nicht verreisen.«

Miss Jones lachte. »Nun, dann heraus mit der Sprache. Verreisen werde ich nicht, und wenn es in meiner Macht steht, dir und deinen Geschwistern einen Wunsch zu erfüllen, will ich es gern tun.«

»Es steht in Ihrer Macht!«, rief Peggy, vor Begeisterung wieder alle Vorsicht vergessend, erklärte, um was es sich handelte, und schloss mit den Worten: »Wir dürfen doch kommen, ja? Und Sie rufen meine Mutter an und laden uns ein, nicht wahr? Und bitte, bitte, nicht verraten, dass ich Sie darum gebeten habe!«

Nachdem sie für jedes ihrer Anliegen eine freundliche Zusage erhalten und sich überschwänglich bedankt hatte, legte sie endlich den Hörer zurück auf die Gabel und strich eine Haarsträhne aus dem erhitzten Gesicht. Oh, was würden die anderen sagen! Wie würden sie staunen! Wie würden sie sich freuen!

So sehnlich Peggy noch vor kurzem gewünscht hatte, allein zu sein, so sehnlich wartete sie nun auf die Rückkehr der Geschwister. Aber ihre Geduld wurde auf eine harte Probe gestellt, denn der Einkaufszettel war lang gewesen und die Erholungspause, die Lissy, Ben und Chris bei einem Eis mit Früchten einlegten, nicht weniger. So wurde es beinahe Mittagszeit, ehe sie auf ihren Rädern um die Ecke bogen und an der Gartenpforte von der strahlenden Peggy in Empfang genommen wurden.

»Na nu«, sagte Ben, der als Erster vom Rad sprang und sie mit einem verwunderten Blick betrachtete, »was ist denn mit dir los? Du grinst ja wie ein Honigkuchenpferd! Hast du etwa inzwischen das große Los gewonnen?«

»So ähnlich.« Peggy nickte ernsthaft und fügte, weil

sie das Geheimnis nicht länger für sich behalten konnte, mit leuchtenden Augen hinzu: »Ich habe erfahren, wo wir unsere Ferien verbringen werden.«

»Sie hat erfahren, wo wir unsere Ferien verbringen werden«, wiederholte Chris nach einem Augenblick verblüfften Schweigens. »Habt ihr das gehört? Na ja, ich habe ja vorhin schon gesagt, dass es bei ihr piept.«

»Dreimal dürft ihr raten«, fuhr Peggy fort, ohne sich um die wenig freundliche Bemerkung zu kümmern.

Wieder herrschte Schweigen, diesmal ein sehr nachdenkliches, denn alle, sogar Chris, waren nun davon überzeugt, dass sich in der Zeit ihrer Abwesenheit irgendetwas Besonderes ereignet haben musste, irgendetwas Erfreuliches. Brauchten sie doch nicht zu Hause zu bleiben? Vielleicht nach …

»Spiggy Holes?«, fragte Lissy, einer plötzlichen Eingebung folgend, und ihre Augen begannen nicht weniger zu glänzen als die ihrer Schwester.

»Spiggy Holes!«, bestätigte Peggy triumphierend und konnte mit dem Erfolg zufrieden sein. Der Jubel war unbeschreiblich und das begeisterte Lob, das sie für ihre Tat erntete, uneingeschränkt.

»Das hätte ich nie gewagt, wirklich nicht!«, sagte Lissy bewundernd und Ben meinte lachend: »Und was mich betrifft, ich wäre überhaupt nicht erst auf den Gedanken gekommen, Miss Jones anzurufen.«

»Ein prima Gedanke, wirklich«, sagte Chris anerkennend, »das hätte ich dir gar nicht zugetraut!«

»Ich freue mich wahnsinnig!«, sagte Lissy wieder. »Und ich bin Peggy richtig dankbar. Ihr nicht auch?«

»Und ob!«, riefen die beiden Jungen wie aus einem Munde und schlugen im Überschwang ihres Gefühls ihrer kleinen Schwester so kräftig auf die Schulter, dass sie sich schleunigst in Sicherheit brachte.

Je weiter der Tag fortschritt, desto aufgeregter wurden die Kinder, und am Nachmittag, als die Mutter sie wieder einmal in der Diele antraf, wo sie in größter Spannung auf das Schrillen des Telefons warteten, sagte sie kopfschüttelnd: »Was ist denn nur los mit euch? So kenne ich euch ja gar nicht. Sonst könnt ihr nicht genug davon bekommen, draußen herumzutollen, und heute macht ihr jedem Stubenhocker Konkurrenz.«

»Es ist wegen … wegen«, begann Lissy, die, wie die anderen auch feuerrot geworden, nach einer Ausrede suchte, »wegen …«

»Larry wahrscheinlich«, erriet die Mutter lächelnd, »ich kann es mir schon denken. Aber das ist doch kein Grund, im Haus herumzusitzen, zumal es noch eine ganze Weile dauern wird, ehe ihr ihn in Empfang nehmen könnt. Ihr wisst ja, dass sein Flugzeug erst gegen Abend in London ankommt und dass …«

Sie wurde durch ein schrilles Läuten unterbrochen und die Kinder schrien: »Telefon! Mutter, Mutter, das Telefon!«

»Ihr tut ja gerade so, als hätte es noch nie bei uns

geläutet«, sagte die Mutter und schüttelte wieder den Kopf. Was hatten sie nur?

Es war übrigens nicht Miss Jones, sondern jemand, der den Vater sprechen wollte, und so zogen die vier enttäuscht in den Garten, wo sie auf Anraten der Mutter Blumen pflückten.

»Wir dürfen uns nicht so auffällig benehmen«, sagte Ben leise, während er sich nach einer Narzisse bückte. »Solche Späße wie den, als das Telefon klingelte und wir geschrien haben, als sei das das siebente Weltwunder, sollten wir uns lieber verkneifen. Wenn wir so weitermachen und wenn Miss Jones wirklich anruft, kommt Mutter uns vielleicht noch auf die Schliche.«

Wenn Miss Jones wirklich anruft! Der leise, uneingestandene Zweifel im Herzen der Kinder verstärkte sich bei Bens Worten, und als es zu dämmern begann und sie sich noch immer nicht gemeldet hatte, sagte Lissy seufzend: »Vielleicht ist ihr irgendetwas dazwischengekommen.« Eine Bemerkung, die von Peggy empört zurückgewiesen wurde. Als aber Chris hinzufügte: »Oder sie hat es vergessen, sie ist ja schon ziemlich alt«, wusste auch Peggy nichts mehr zu entgegnen.

Doch als sie alle beim Abendessen versammelt saßen, kam der große Augenblick ganz unerwartet, denn sie waren mit ihren Gedanken ausnahmsweise einmal woanders, nämlich bei Larry.

Gerade hatte die Mutter gesagt: »Ich nehme an, dass wir Vater und ihn in etwa zwei Stunden erwarten können«, da schrillte das Telefon wieder und eine Sekunde später hörten die atemlos Lauschenden sie ausrufen:

»Oh, Miss Jones! Das ist aber nett! Uns geht es ausgezeichnet, vielen Dank. Und Ihnen? Oh, das freut mich! Ja, ja, die Kinder haben Ferien. Nein, diesmal sind sie zu Hause. Auf eigenen Wunsch?« Die Mutter lachte. »Sagen wir besser, auf höheren Befehl. Eigentlich hatten mein Mann und ich vor, mit der Gesellschaft an die See zu fahren, aber leider hat man uns einen Strich durch die Rechnung gemacht.« Nach diesen Worten entstand eine kurze Pause, in der die Kinder, deren Gesichter vor Aufregung glühten, wie auf Verabredung tief Luft holten. Und dann hörten sie die Stimme der Mutter von neuem: »Aber das kann ich doch gar nicht annehmen! Es macht Ihnen wirklich keine Mühe? Ja, ja, die Kinder werden natürlich überglücklich sein. Sie sind ja zu gern bei Ihnen. Und was mich betrifft, so fällt mir geradezu ein Stein vom Herzen!«

In diesem Augenblick ließ Peggy ein lautes »Au!« hören, denn Chris hatte sie in seiner Begeisterung ein wenig zu kräftig in die Seite geboxt. Und als die Mutter nach beendetem Gespräch an den Tisch zurückkehrte und lächelnd verkündete: »Ihr werdet morgen nach Spiggy Holes fahren!«, erhob sich ein derartiger Jubel, dass sie Mühe hatte, die Ruhe wiederherzustellen und hinzuzufügen: »Leider wird Vater euch nicht hinbringen können. Ihr müsst also wohl oder übel den Zug nehmen.«

»Als würde das etwas ausmachen!«, rief Ben überglücklich.

»Das ist doch ganz egal!«, schrie Chris.

»Die Hauptsache ist ja, dass wir dort sein dürfen!« Lissy strahlte und Peggy murmelte: »Ich würde auch zu Fuß gehen!«

Die Zeit bis zu Larrys und Vaters Ankunft verging den Kindern nun wie im Fluge, da sie alle Hände voll mit Kofferpacken zu tun hatten.

»Ich wüsste gar nicht, was für eine Arbeit ich jetzt lieber täte«, sagte Lissy, während sie voller Eifer in einer Schublade kramte.

»Arbeit«, wiederholte Peggy, die schon wieder an einem ihrer Zopfenden kaute, langsam und beinahe ein wenig verächtlich. »Was nehmen wir denn schon mit? Einen Badeanzug und ein oder zwei Kleider ...«

»Und vor allen Dingen ein paar Pullover und lange Hosen«, ließ sich die Mutter vom Wäscheschrank her vernehmen. »Es ist ja noch nicht Sommer und um diese Jahreszeit kann es an der See noch empfindlich kühl sein.«

»Kühl sein, kühl sein!«, sang Chris und schwenkte zwei dicke Pullover über dem Kopf. »Ob es genügt, wenn ich die übereinander ziehe?«

Die Mutter lachte, und in bester Stimmung wurden die Vorbereitungen fortgesetzt und waren gerade beendet, als ein Wagen vor dem Haus hielt.

»Sie kommen!«, schrie Chris. »Sie kommen!«

Und als die wilde Jagd an der Haustür angelangt war, rief Peggy dem eben die Wagentür öffnenden Freund zu: »Du brauchst gar nicht erst auszupacken! Morgen fahren wir nach Spiggy Holes!«

III
Die Fahrt nach Spiggy Holes

In den nächsten Minuten konnte niemand auch nur sein eigenes Wort verstehen, bis Mr. Arnold endlich Begeisterung und Wiedersehensfreude energisch bremste.

»Das war natürlich eine freudige Überraschung«, sagte er lachend, nachdem er von Miss Jones' Einladung erfahren hatte. »Ich glaube, unser Freund war auch ein bisschen enttäuscht darüber, dass ihr diesmal zu Hause bleiben solltet, nicht wahr, Larry?«

Larry fuhr sich verlegen grinsend mit der einen Hand über seine Stoppelfrisur, eine Gewohnheit, die die Kinder seit Jahren an ihm kannten. Zu seiner größten Erleichterung aber musste er nicht antworten, denn Mrs. Arnold sagte lächelnd zu ihrem Mann gewandt: »Davon wirst du wohl kaum etwas gemerkt haben. Aber unsere vier hättest du sehen sollen! Sie haben mich ganz schwach gemacht!«

»Was ich mir lebhaft vorstellen kann«, bestätigte er und fügte mit einem Blick in die Runde hinzu: »Nun, die Hauptsache ist, dass wieder eitel Sonnenschein herrscht!«

Ja, sie waren alle überglücklich und hätten ohne die Mahnung der Mutter das Schlafengehen ganz vergessen. »Morgen ist auch noch ein Tag und ein anstrengender dazu«, sagte sie freundlich, aber bestimmt. »Denkt daran, dass ihr eine lange Reise vor euch habt!«

»Und dass der Zug nicht auf euch wartet«, ergänzte der Vater mit Betonung.

Diesem Argument konnte sich keines der Kinder verschließen, und so lagen sie wenig später in ihren Betten und waren bald darauf fest eingeschlafen.

Am nächsten Morgen schien die Sonne vom strahlend blauen Himmel. Doch es lag nicht nur am schönen Wetter, um die kleine Reisegesellschaft in Hochstimmung zu versetzen.

»Mir kommt alles noch immer wie ein Traum vor«, sagte Lissy und lächelte glücklich, als sich der Zug in Bewegung gesetzt hatte und sie es sich in einem leeren Abteil bequem machten.

»Mir auch«, bestätigte Peggy ernsthaft, während sie versonnen nach einem ihrer Zopfenden griff.

»Ich würde jetzt lieber etwas anderes in den Mund stecken«, Ben lachte gutmütig, »ein Brötchen mit Schinken zum Beispiel.«

So begannen die fünf die lange Fahrt damit, dass sie die köstlichen Dinge, die die Mutter für sie eingepackt hatte, lachend und schwatzend genossen.

Langsam stieg die Sonne höher, und nachdem die Kinder sich die Zeit mit Zum-Fenster-Hinaussehen, Lesen und am Ende sogar mit ein paar Gesellschaftsspielen vertrieben hatten, wurden sie allmählich in der mittäglichen Wärme so müde, dass Ben endlich vorschlug, ein Nickerchen zu machen.

»Bei dem Geratter kann ich bestimmt kein Auge zutun!«, jammerte Peggy und war dann doch die Erste, deren tiefe, gleichmäßige Atemzüge verrieten, dass sie fest schlummerte. Ja, die ungewohnt knappe Nachtruhe machte sich bemerkbar und sie schliefen alle bis kurz vor ihrer Ankunft in Spiggy Holes.

»He, ihr«, rief Chris, der beim Erwachen nach einem Blick auf seine Uhr Larry und Ben an den Schultern rüttelte, »wir sind gleich da! Es ist schon zehn Minuten vor fünf!«

Selbstverständlich gab es niemanden, der nicht, alarmiert durch diese Worte, auf der Stelle hellwach und auf den Beinen gewesen wäre. In Sekundenschnelle waren die Koffer aus dem Gepäcknetz geholt und Jacken und Mäntel von den Haken genommen. »Ob Georg uns wohl abholt?«, fragte Larry plötzlich, während der Zug nun langsam in den kleinen Bahnhof einfuhr. Eine Antwort aber erhielt er erst, als sie einen Augenblick später durch die Sperre liefen und Ben über die Schulter zurückrief: »Er ist da!«

Ja, da stand Georg, an den Stamm eines Baumes gelehnt, Pferd und Wagen in nächster Nähe, und sah den auf ihn zustürmenden Kindern mit breitem Lachen entgegen.

»Schön, dass du da bist! Wir dachten, diesmal würdest du gar nicht kommen!«, riefen sie schon von weitem, und als er Peggys Hand schüttelte, fügte sie eifrig hinzu: »Weil du doch nur noch so wenig Zeit hast.«

Nein, Zeit hatte Georg wahrhaftig keine mehr. Seitdem er die Seemöwe, das neue Segelboot, besaß, war er den ganzen Tag draußen auf dem Meer.

»Dann hättet ihr ja zu Fuß gehen müssen«, sagte er, »und wärt vor Mitternacht nicht bei Miss Jones gewesen. Da lasse ich die Fische lieber einmal warten.«

»Und die haben bestimmt nichts dagegen, nicht wahr?« Lissy kicherte, während es schon im Trab zum Dorf hinausging.

Georg nickte nur, und auch das fröhliche Lachen und Schwatzen der Kinder verstummte, als sie bald darauf den Weg über die Klippen entlangfuhren. Tief unten zu ihrer Rechten lag das in der Abendsonne glitzernde Meer, zu ihrer Linken dehnten sich Felder und Wiesen aus. Die leichte Brise, die vom Wasser herüberwehte, wurde stärker, und Möwen flogen schreiend auf.

»Schön ist es hier«, sagte Lissy leise, und es gab wohl niemanden, dem diese Worte nicht aus dem Herzen gesprochen waren.

Es fing schon an zu dämmern, als sie endlich in einiger Entfernung das Haus zwischen den Klippen, das Guckloch, liegen sahen, und wenig später sprangen sie einer nach dem anderen vom Wagen und wurden einer nach dem anderen von der zierlichen schwarz gekleideten

Gestalt, die sie in der Haustür erwartete, in die Arme geschlossen.

»Vielen, vielen Dank, dass wir kommen durften!«, sagte Peggy außer Atem und Miss Jones strich ihr über das Haar und nickte allen freundlich zu.

»Ich freue mich sehr, euch wieder zu sehen, Kinder. Übrigens, ich nicht allein, unsere gute Mrs. Fass hat auch schon ungeduldig nach euch Ausschau gehalten.«

»Fässchen!«, schrien die fünf und stürmten in Richtung Küche davon.

Und da kam sie ihnen schon entgegen, zeigte ihr strahlendstes Gesicht und sagte in ihrem brummigsten Ton: »Na, ihr Rasselbande? Habt ihr uns nicht vergessen?«

»Vergessen!« Dieser einmütige empörte Widerspruch schien Mrs. Fass ganz und gar nicht zu missfallen, denn sie strahlte, wenn überhaupt möglich, noch um einige Grade mehr. Als Peggy die Arme um sie schlang und rief: »Nie vergessen wir Sie und Miss Jones und Georg!«, und als Chris hinzufügte: »Und Ihren Kaiserschmarren auch nicht!«, war sie offenbar auf dem Gipfel der Seligkeit angelangt.

»Ihr bekommt auch gleich etwas Gutes«, versprach sie gerührt, was einen solchen Begeisterungssturm zur Folge hatte, dass Miss Jones fröhlich rief: »Nun ist endlich wieder einmal Leben im Haus!«

»Und vergessen haben wir trotzdem etwas«, sagte Larry plötzlich, »nämlich Georg nach der Seemöwe zu fragen.«

»Das könnt ihr gleich nachholen«, beruhigte Miss Jones Larry und klopfte ihm auf die Schulter. »Georg wird heute Abend mit uns essen. Und ihr wascht euch jetzt wohl am besten die Hände, damit er nicht auf uns warten muss.«

»Schlafen wir wieder im Turm?«, fragte Lissy. Als Miss Jones die Frage bejahte, rief sie: »Wunderbar!« und jagte hinter den anderen her die Treppe hinauf.

»Herzerfrischend, nicht wahr, Mrs. Fass?«, sagte Miss Jones, bekam aber keine Antwort, da die Köchin schon wieder in der Küche werkelte.

Inzwischen nahmen die Kinder mit der gleichen Freude wie immer von den beiden übereinander liegenden Turmzimmern Besitz.

Wie immer liefen sie zunächst von einem der vier Fenster, die jeder Raum besaß, zum anderen, sahen hinaus auf das Meer, auf die Klippen und zu guter Letzt mit ein wenig Schaudern hinüber zu dem verlassenen Haus. Einen Augenblick lang schwiegen sie bei dem düsteren Anblick in Gedanken an Larrys Entführung. Doch dann erinnerten sie sich daran, dass man auf sie wartete, wuschen und kämmten sich und liefen gleich darauf die Treppe wieder hinunter.

In dem gemütlichen Wohnzimmer war der gedeckte Tisch festlich mit Blumen geschmückt. Miss Jones ermunterte alle lächelnd, ihre Stammplätze einzunehmen, und da erschien auch schon Mrs. Fass mit einer großen Terrine in der Tür.

»Wetten, dass wir Tomatensuppe bekommen?«, rief Chris begeistert.

»Und Würstchen«, sagte Mrs. Fass, während sie die dampfende Suppe austeilte, »und Eis und eine selbstgebackene Kirschtorte!« Wie nicht anders zu erwarten, erhob sich ein neuerlicher Begeisterungssturm, und es dauerte ein Weilchen, ehe Mrs. Fass sich wieder Gehör verschaffen und hinzufügen konnte: »Ich hatte euch doch etwas Gutes versprochen.«

Sie konnte übrigens mit dem Erfolg ihrer Bemühungen zufrieden sein, denn sogar von der Kirschtorte, die den Abschluss der Mahlzeit bildete, blieb nicht allzu viel mehr übrig.

»Niemand kann so wunderbar kochen wie Fässchen!«, murmelte Chris endlich und Larry streckte seine langen Beine unter dem Tisch aus und sagte: »Ich bin satt und so faul, dass ich kaum noch den Mund auftun kann.«

»Klar«, meinte Chris verständnisinnig, »du hast ihn ja bis jetzt auch in Bewegung gehabt.«

»Und dabei wolltest du dich doch bei Georg nach der Seemöwe erkundigen«, sagte Ben in das allgemeine Gelächter hinein.

Georg grinste. »Was wollt ihr euch denn viel erkundigen. Kommt und seht sie euch an. Sie ist immer noch …«

»… das beste Boot der Welt!«, rief Chris mit leuchtenden Augen.

Selbstverständlich gab es niemanden, der nicht seiner

Meinung gewesen wäre, und es gab auch niemanden, der nicht den Wunsch verspürt hätte, wieder einmal mit der Seemöwe hinauszusegeln.

»Schön wäre es, wenn Georg uns mal zum Fischen mitnehmen würde«, sagte Peggy dann in so flehentlichem Ton zu Miss Jones, dass es einen Stein hätte erweichen können.

Doch Miss Jones schien noch härter als ein Stein zu sein, denn sie machte zunächst jedenfalls nur ein recht bedenkliches Gesicht.

»Vor Herbststürmen brauchen wir jetzt ja keine Angst zu haben«, meldete sich Lissy mit vor Eifer gerötetem Gesicht.

»Und die Frühjahrsstürme sind auch vorbei!«, rief Chris.

»Und Stürme zwischendurch gibt es nicht«, stellte Peggy triumphierend fest.

»Ach, erlauben Sie es doch, Miss Jones!«, bat Ben, nicht weniger flehentlich als seine kleine Schwester eben.

Nun musste Miss Jones doch ein wenig lächeln. Dann sah sie rasch zu Georg hinüber und der nickte ihr zu. »Ich werde schon auf die Bande aufpassen«, sagte er beruhigend. »In den nächsten Tagen könnte ich sie schon einmal mit hinausnehmen.«

Was blieb der armen Miss Jones nun anderes übrig, als gute Miene zum bösen Spiel zu machen und ihre Einwilligung zu geben? Und als die fünf, nachdem sie die alte Dame vor lauter Dankbarkeit beinahe erdrückt hatten, endlich zu Bett gegangen waren, sagte sie, indem sie ihnen lächelnd nachsah, noch einmal: »Herzerfrischend!« und fügte kopfschüttelnd hinzu: »Aber auch ein wenig anstrengend!«

»Die Hauptsache ist, dass es nicht wieder so aufregend wird!«, murmelte Mrs. Fass und ging langsam zur Tür hinaus.

IV
Millionen von Vögeln

Wie immer vergingen den Kindern die Tage wie im Fluge. Sie badeten und lagen im weißen Sand in der Mittagssonne, sie hockten in Miss Jones' Garten unter den Pflaumenbäumen, die jetzt in voller Blüte standen, lasen oder unterhielten sich und ließen sich zu den Mahlzeiten von Mrs. Fass mit immer neuen Leckerbissen verwöhnen.

»Langt nur zu, Kinder«, pflegten sie und Miss Jones die Gäste abwechselnd zu ermuntern und Larry meinte lachend: »Nur gut, dass ich nicht immer hier bin, dann wäre ich bald so dick …«, beinahe hätte er gesagt »wie ein Fass«, besann sich aber im allerletzten Augenblick erschrocken, dass er das gute Fässchen mit solchen Worten höchstwahrscheinlich sehr gekränkt hätte, und vollendete hastig: »… so dick, dass mich kein Mensch mehr erkennen würde.«

»Nun, da brauchst du dir wohl keine Sorgen zu machen«, sagte Miss Jones und betrachtete ihn belustigt. »Über allzu viel Gewicht kannst du ja wahrhaftig nicht klagen, und wenn du weiter so herumtollst und jeden Tag schwimmst, wirst du auch in Zukunft nicht darüber zu klagen haben.«

Ein Wiedersehen mit der Seemöwe hatten die Kinder übrigens noch nicht feiern können, da Georg am Morgen nach ihrer Ankunft für etwa eine Woche hinausgefahren war. »Vielleicht komme ich auch schon früher zurück«, hatte er gesagt, »genau weiß man das nie.«

Da die fünf sehnsüchtig auf seine Rückkehr warteten, liefen sie jeden Tag ein paar Mal die Stufen in den Klippen zum Strand hinunter, um nach ihm Ausschau zu halten. Manchmal schlenderten sie auch weiter bis zu der vor einer Höhle in den Felsen gelegenen Anlegestelle, hockten sich dort auf die Steine und sahen hinaus übers Meer.

Endlich, am Abend des fünften Tages, entdeckten sie am Horizont einen dunklen Punkt, der langsam größer und größer wurde.

»Wetten, dass sie das ist?«, schrie Chris und sprang auf.

»Bis wir das feststellen können, kann es Nacht werden«, entgegnete Ben. Aber niemand wollte seinen Platz verlassen. Alle warteten geduldig und starrten wie gebannt auf das langsam in ihre Richtung steuernde Fahrzeug.

»Sie ist es!«, rief Larry plötzlich und hüpfte von einem Bein auf das andere. »So ein leuchtendes Rot gibt es so schnell nicht wieder!«

Ja, sie war es tatsächlich, und eine Weile später winkten die Kinder der am Steuer stehenden Gestalt zu, lachten und schrien: »Hallo, Georg!« Und Georg winkte zurück und rief: »Hallo, ihr fünf!«

Den Kindern schien es eine Ewigkeit zu dauern, bis die Seemöwe endlich festgemacht hatte, und als der große Augenblick gekommen war, konnten sie gar nicht schnell genug an Bord gelangen. Lissy und Peggy liefen sofort die Treppe zur Kajüte hinunter.

Der kleine Raum schien ihnen das Gemütlichste, was sie sich vorstellen konnten, und mit Entzücken nahmen sie jede Einzelheit in Augenschein. Auf dem Bord über Georgs Koje fanden sich noch unverändert ein paar Bücher und seine Pfeife, und die Kochstelle zierte auch jetzt der blitzblank geputzte Wasserkessel.

»Hier bin ich zu gern!«, sagte Lissy glücklich.

»Mir kommt es vor, als wären wir gar nicht weg gewesen. Und auf die Fahrt freue ich mich!«, fügte Peggy mit leuchtenden Augen hinzu.

»Die Fahrt!«, rief Lissy und war schon an der Tür. »Jetzt besprechen sie vielleicht alles ohne uns!«

Und mit dieser Vermutung hatte sie Recht, denn als sie beide die Treppe hinaufgejagt kamen, rief Chris ihnen zu: »Übermorgen früh geht's los, zu den Vogelklippen! Da nisten Millionen von Vögeln, sagt Georg.«

Georg lachte. »Millionen ist ja nun ein bisschen übertrieben.«

»Also keine Millionen«, sagte Chris ungeduldig, »jedenfalls sind es furchtbar viele, alles durcheinander, ich meine, die verschiedensten Arten.«

»Zwei Arten, Möwen und Kormorane«, sagte Ben mit strahlendem Gesicht, »jedenfalls sind das die, die ich kenne.«

»Und vor Sonnenaufgang werden wir fahren!« Larry lachte glücklich. »Klasse, nicht?«

»Prima!«, bestätigten die Mädchen begeistert und ihre Augen leuchteten nicht weniger als die der Jungen.

»Vögel beobachten wir nämlich zu gern«, erklärte Lissy eifrig und Peggy fragte, während sie aufgeregt eines ihrer Zopfenden bearbeitete: »Warum haben wir uns die Vogelklippen denn nicht schon längst angesehen? Vorigen Herbst zum Beispiel?«

»Weil es dann wieder ganz gewöhnliche Klippen sind«, sagte Georg und grinste. »Die Vögel kommen nur zum Nisten und ziehen später alle wieder fort. Etwas Besonderes zu sehen gibt es dann also nicht mehr.«

»Aber jetzt«, rief Chris wieder, »jetzt ist es ein ganz toller Anblick, nicht wahr, Georg? Jetzt gibt es Motive noch und noch! Ich muss unbedingt meinen Fotoapparat mitnehmen!«

»Dann pass nur auf, dass du ihn nicht wieder liegen lässt«, sagte Larry und kniff ein Auge zu.

»Wir sind es, die aufpassen müssen«, meinte Lissy kichernd, »nämlich darauf, dass Chris sich dann nicht selbstständig macht und zum Schluss in irgendetwas hineingerät.«

»Hineingeraten wird dieses Mal in nichts!«, bestimmte Georg energisch in Gedanken an das Abenteuer, das er und die Kinder im vergangenen Herbst erlebt hatten und das durch Chris' eigenmächtige Suche nach seinem Fotoapparat so gefährlich für sie alle geworden war. »Extratouren gibt es keine, verstanden?«, fügte er mit möglichst strengem Blick in die ganze Runde hinzu.

Es gab keinen unter den fünf, der diesen Blick nicht mit einem besonders unschuldsvollen Augenaufschlag erwidert hätte, und Chris verstieg sich sogar zu der Behauptung: »Wir werden dir bestimmt nie wieder Ärger machen!«

»Was ich auch stark hoffen möchte«, sagte Georg. »Schließlich bin ich ja auf See für euch verantwortlich.«

»Ach du liebe Zeit, wir müssen ja Miss Jones und Mrs. Fass Bescheid sagen!«, rief Lissy, die erleichtert das Thema wechselte, und Peggy pflichtete ihr eifrig bei: »Vor allen Dingen Fässchen, weil sie uns für den ganzen Tag mit Essen versorgen muss. Das schafft sie sonst gar nicht mehr.«

Für diesen Ausspruch erntete sie allgemeines schallendes Gelächter, und Ben konnte es nicht lassen, sie, wie so oft, zu necken.

»Falls Mrs. Fass es wirklich nicht an einem Tag schaffen sollte, etwas für uns einzupacken, wärst du die Einzige von uns, die nicht zu verhungern brauchte. Du hast schließlich deine Zöpfchen.«

»Du bist ja zu blöd«, murmelte Peggy und musste dann doch lachen. »Ich hatte ganz vergessen, dass wir erst übermorgen fahren.«

»Trotzdem müssen wir jetzt nach Hause«, sagte Lissy schnell. »Miss Jones wartet bestimmt schon mit dem Abendbrot auf uns.«

Wahrhaftig, es war reichlich spät geworden, alle hatten sie über dem bevorstehenden Ereignis die Zeit vergessen. »Also bis übermorgen«, sagten sie noch und Georg rief ihnen über den Strand nach:

»Punkt fünf hier an der Anlegestelle!«

Miss Jones hielt tatsächlich nach den Kindern Ausschau, und als sie endlich in der sich langsam herabsenkenden Dämmerung auf sie zustürmten, sagte sie kopfschüttelnd: »So lange dürft ihr aber nicht wieder auf euch warten lassen.«

»Georg ist gekommen. Seien Sie bitte nicht böse«, entschuldigte Ben sich außer Atem.

»Wir haben ihn schon von weitem kommen sehen und auf ihn gewartet«, fügte Lissy hinzu.

»Und als wir dann auf der Seemöwe waren, haben wir alles vergessen«, sagte Larry und fuhr sich verlegen grinsend über seine Stoppelfrisur.

Miss Jones lächelte. »Nun, wenn es sich so verhält, müssen Mrs. Fass und ich wohl ausnahmsweise ein Auge zudrücken.«

»Und übermorgen will Georg mit uns zu den Vogelklippen!«, verkündete Chris strahlend.

»Hm«, machte Miss Jones gedehnt und Chris fuhr mit leuchtenden Augen fort: »Da nisten jetzt …«

»Sag bloß nicht wieder Millionen«, unterbrach Lissy ihn kichernd.

»… tausende von Vögeln«, ergänzte er ungerührt und warf seiner noch immer kichernden Schwester einen missbilligenden Blick zu.

»Ich weiß«, bestätigte Miss Jones, während sie alle an dem gedeckten Tisch Platz nahmen. »Ein Besuch der Vogelklippen ist um diese Jahreszeit tatsächlich ein Erlebnis. Das ist sicher auch Ihre Meinung, nicht wahr, Mrs. Fass?« Die Köchin war gerade in der Tür erschienen, gab aber keine andere Antwort als ein undeutliches Gebrumm.

Doch als die gute Mrs. Fass von den Kindern um Proviant für ihren Ausflug gebeten wurde, war sie sofort bereit, ihre Speisekammer zu plündern. »Zum Frühstück müsst ihr hart gekochte Eier haben«, überlegte sie stirnrunzelnd, »und Brötchen mit Schinken …«

»… und Kekse«, ergänzte Chris.

»… und Kekse.« Mrs. Fass nickte. »Und zum Nachmittag einen Rosinenkuchen. Ich kann morgen noch einen backen. Und etwas zu trinken dürfen wir auch nicht vergessen.«

»Limo!«, riefen alle wie aus einem Munde und Lissy fügte nachdenklich hinzu: »Wenn wir etwas Kakao und Sahne hätten, könnten Peggy und ich in der Kajüte Kakao kochen.«

»Das ist ein guter Gedanke«, lobte Miss Jones sie und nickte ihr freundlich zu. »Wenn ihr vor Tau und Tag aus dem Haus geht, werdet ihr für etwas Heißes dankbar sein. Morgens und abends ist es ja immer noch empfindlich kühl.«

»Abends sind wir wieder zurück«, sagte Ben schnell. »Georg meint, am späten Nachmittag wahrscheinlich.«

»Das ist recht«, entgegnete Miss Jones einigermaßen erleichtert.

»Außerdem wollen wir immer an der Küste entlangsegeln«, fügte Ben hinzu, dem sehr viel daran lag, die arme ängstliche Miss Jones zu beruhigen.

Peggy aber interessierten andere Dinge. Während Miss Jones murmelte: »Ja, seid nur recht schön vorsichtig, Kinder«, fragte sie, ein Zopfende im Mundwinkel: »Und was nehmen wir zum Mittagessen mit?«

»Wie wär's mit Würstchen und Kartoffelsalat?« Dieser Vorschlag von Mrs. Fass löste allgemeine jubelnde Zustimmung aus, und es gab wohl keines der Kinder, das nicht sehnlichst wünschte, es wäre schon übermorgen!

V
Jemand pfeift

Es dämmerte noch, als Miss Jones die Kinder am Morgen des bewussten Tages weckte, und trotz der ungewohnt frühen Stunde waren sie alle mit einem Schlag hellwach.

Man hatte beschlossen, schon das erste Frühstück auf der Seemöwe einzunehmen, denn alle meinten, vor ihrer Fahrt auch nicht einen einzigen Bissen herunterbringen zu können. So blieb Miss Jones nichts weiter zu tun, als die fünf mit nochmaligen Ermahnungen zu verabschieden und ihnen gemeinsam mit Mrs. Fass so lange nachzusehen, bis sie im grauen Dunst verschwanden.

Wie verabredet, pünktlich um fünf Uhr, fanden sie sich auf der Seemöwe ein und Georg lachte und sagte mit einem belustigten Blick auf den imposanten Picknickkorb: »Na, um mit dem Ding rechtzeitig hierher zu kommen, müsst ihr ja mindestens eine Stunde früher losgegangen sein.«

»Mach dich nur nicht lustig«, sagte Peggy ernsthaft, »da sind wunderbare Sachen drin!«

»Lebensnotwendige vor allen Dingen«, murmelte Chris und Lissy fügte schnell hinzu: »Du wirst gleich nichts mehr gegen unseren Fresskorb sagen. Peggy und ich kochen Kakao, dann kannst du mit uns frühstücken.«

»Wobei zu beachten ist, dass es sich um das erste Frühstück handelt«, erklärte Larry, ohne eine Miene zu verziehen.

»Wir sind nämlich noch nüchtern«, ergänzte Ben und Chris schloss mit den Worten: »Um zehn gibt's das zweite. Schätzungsweise Eier und Schinkenbrötchen.«

Georg lachte noch mehr, und während die Mädchen sich in der Kajüte zu schaffen machten, nahm er das Steuer und nickte freundlich, als Ben bat: »Darf ich dich nachher einmal ablösen?«

Die Seemöwe glitt über die ruhige See. Eine leichte Brise blähte das Segel und wehte den Jungen, die mit glänzenden Augen über das Wasser sahen, das Haar ins Gesicht.

Und dann ging die Sonne auf, und es schien, als stiege sie wie eine feuerrote Scheibe direkt aus dem Wasser am Horizont. Purpurn und rosarot färbte sie den Himmel und ließ die Wellen wie mit unzähligen Diamanten besät sprühen und funkeln. Die Jungen schwiegen, in den überwältigenden Anblick versunken, doch plötzlich sagte jemand dicht hinter ihnen: »Ist das schön!«

Es war Peggy, die nach beendeter Arbeit mit Lissy zusammen heraufgekommen war, und Larry nickte.

»Eigentlich müsste man jeden Morgen so früh aufstehen, um das zu erleben.«

»Und dann Kakao zu trinken«, ließ Chris sich mit begehrlichem Blick auf die große dickbauchige Kanne und den mit Keksen gefüllten Teller vernehmen. Wahrhaftig, Genüsse dieser Art waren auch nicht zu verachten. Es zeigte sich, dass auch die anderen seine Meinung teilten, denn es dauerte nicht lange, da waren kein Tropfen mehr in der Kanne und kein Krümel mehr auf dem Teller.

Die Sonne stieg höher, der Wind aber war noch immer so kühl, dass die Kinder froh waren, warme Pullover anzuhaben. Sie hockten nebeneinander, unterhielten sich oder blinzelten in die Sonne und lauschten dem Klatschen der Wellen gegen die Bootswand. Für eine Weile durfte der glückstrahlende Ben das Steuer übernehmen, und zwar während des zweiten Frühstücks.

»Eier und Schinkenbrötchen muss man in Ruhe essen«, sagte er zu Georg, der diesen Wink sofort verstand und ihm seinen Platz überließ. O ja, dem gewissenhaften Ben konnte er das Steuer ohne Sorge eine Zeit lang anvertrauen.

Es war etwa elf Uhr, als in der Ferne besonders hohe Klippen sichtbar wurden und Georg auf die aufgeregten Fragen der Kinder sagte: »Wir sind bald an Ort und Stelle.«

»Hurra!«, schrie Chris. »Nun kann ich gleich die tollsten Aufnahmen machen!«

Georg lachte. »Damit musst du noch ein Weilchen warten. Es ist nämlich ein ganz schönes Stück Arbeit, bis dahin zu kommen, weil ich mich in einer Wasserstraße halten muss, die auf beiden Seiten von Felsen unter der Oberfläche eingerahmt ist. Da muss man scharf aufpassen.«

»O ja«, rief Ben aufgeregt, »da drüben sehe ich einen!«

»Manche ragen ein Stück aus dem Wasser«, sagte Georg, »aber die meisten kann man nicht sehen.«

»Und das ist ziemlich gefährlich, nicht wahr?«, sagte Peggy, eines ihrer Zopfenden im Mundwinkel.

»Nicht, wenn wir in der Fahrrinne bleiben«, war die beruhigende Antwort.

Das Wasser war nun sehr bewegt, und es blieb so, bis sie, endlich am Ziel angelangt, durch zwei hohe Felsen hindurch in eine von nicht weniger hohen Klippen umgebene Bucht fuhren. Spiegelblank lag hier die See und die Kinder sahen mit ehrfürchtigem Staunen an dem schroffen Gestein ringsum empor.

»Das da sind die Vogelklippen«, sagte Georg und wies mit einer Kopfbewegung nach rechts. »Wir müssen aber um den Felsen herumfahren, denn die Vögel nisten auf der anderen Seite, weil es da eine Unmenge von Felsvorsprüngen gibt, auf die sie ihre Eier legen.«

Die Kinder schwiegen voller Spannung, bis sie einen Augenblick später in eine zweite kleinere Bucht gelangten, und ließen gleich darauf ein überraschtes, entzücktes »Oh!« hören.

Hunderte von Vögeln hockten auf den Felsvorsprüngen, flogen bei ihrem Herannahen auf, und ihr wildes Schreien und das Rauschen ihrer Flügel erfüllten die Luft.

»Das ist ja phantastisch«, flüsterte Lissy endlich. Ihre Worte wurden von dem Lärm ringsum übertönt. Als aber Larry schrie: »Oh, seht nur, da! Was ist denn das?«, gingen alle Blicke in die angegebene Richtung und alle sahen es voller Staunen wie helle Tropfen aus der Höhe fallen. »Das sind Eier«, erklärte Georg, während er auf einen weit hervorragenden Felsvorsprung zusteuerte, um die Seemöwe darunter festzumachen. »Die Vögel legen sie ja auf das blanke Gestein, und wenn sie so hastig auffliegen, kann es schon vorkommen, dass ein paar herunterfallen.«

»Und wir sind schuld daran, weil wir die armen Tiere erschreckt haben«, sagte Ben bedauernd.

»Seht nur, seht!«, rief Chris jetzt voller Aufregung. »Da oben ist ein Wasserfall!«

»Den könnt ihr bald aus nächster Nähe bewundern«, sagte Georg, während die Kinder staunend zu dem in halber Höhe des Felsens hervorstürzenden, silbrig glänzenden Strahl emporsahen. »Das heißt«, fügte er grinsend hinzu, »natürlich nur, wenn wir mit unserer Kletterpartie anfangen. Übrigens zieht ihr am besten Schuhe und Strümpfe aus, die sind sonst vollkommen durchgeweicht, ehe ihr drüben seid.«

Er hatte Recht, denn es galt über mehrere große Gesteinsbrocken zu springen, die nur wenig aus dem Wasser ragten. Alle atmeten erleichtert auf, als sie am Fuße des Felsens angelangt waren.

»Und nun kommt das Schlimmste!«, sagte Peggy und sah ängstlich in die Höhe.

»Halte dich nur hinter mir«, rief Georg in beruhigendem Ton, »und lass dir vor allen Dingen nicht einfallen, unterwegs herunterzusehen!«

Während des mühsamen Aufstiegs befolgte Peggy gehorsam diesen wohl gemeinten Rat. Obwohl sie sich nicht mehr ganz so unsicher fühlte, weil Georg vor ihr ging und Ben ihr auf dem Fuße folgte, war sie doch von Herzen froh, als Georg sagte: »Wir machen gleich Rast, wir kommen nämlich jetzt zu einer Art Plateau.«

Tatsächlich gelangten sie nach wenigen Schritten zu einem verhältnismäßig weiten Platz und Peggy ließ sich tief aufatmend auf einem der Steine nieder. Die anderen, die kein Schwindelgefühl kannten, lachten, und Ben sagte gutmütig: »Du brauchst gar keine Angst zu haben. Wir passen schon auf dich auf.«

Der Ausblick über das in der Sonne glitzernde Meer war überwältigend. Die Vögel hatten sich in der Zwischenzeit wieder beruhigt und nur wenige flogen zuweilen auf und mit durchdringendem Schrei in die Lüfte oder hinab in die Tiefe. Einzig der Wind, der in dieser Höhe in unverminderter Stärke über den Felsen wehte, beeinträchtigte das Wohlbehagen ein wenig, besonders das der Mädchen.

»Ich mache euch einen Vorschlag. Wir gehen jetzt alle in die kleine Höhle da drüben. Die Öffnung ist ganz schön breit, also haben wir auch da frische Luft, sind aber vor dem Wind geschützt. Schokolade schmeckt viel besser, wenn man nicht so durchgefroren ist.«

Und einen Augenblick später rief Peggy: »Hier ist es richtig gemütlich!«

Übrigens hatte Chris nur einen Augenblick verschnauft, sich stattdessen in Begleitung Larrys auf Motivsuche begeben, und seine begeisterten Ausrufe ließen darauf schließen, dass es übergenug war, was er fand.

Nach einer Weile kamen die beiden Jungen zurück und Chris sagte atemlos und mit leuchtenden Augen: »Du wolltest uns doch den Wasserfall zeigen, Georg. Das gibt ein paar phantastische Aufnahmen.«

»Schon wieder klettern!«, rief Peggy entsetzt und schob das letzte Stück Schokolade in den Mund.

Georg schüttelte beruhigend den Kopf. »Das brauchen wir gar nicht. Der Wasserfall ist ganz in unserer Nähe, ungefähr in gleicher Höhe. Aber wenn du lieber hier bleiben willst, bitte.«

»Ich leiste dir Gesellschaft«, erbot sich Ben sofort.

Doch davon wollte Peggy nichts wissen. »Wenn ihr geht, gehe ich auch«, sagte sie und sprang kurz entschlossen auf.

»Wartet einen Moment«, bat Chris, während er seinen Fotoapparat zur Hand nahm, »ich will schnell noch einen neuen Film einlegen.«

Aber dazu kam er nicht mehr. Denn in diesem Augenblick hörten sie alle einen Ton, der ihnen in dieser Einsamkeit so absonderlich, ja beinahe unheimlich erschien, dass sie alle mit angehaltenem Atem lauschten. Jemand pfiff laut und deutlich!

VI
Einbildung war es nicht

Das Pfeifen hielt an und endlich sagte Georg mit unwillkürlich gedämpfter Stimme: »Komisch. Dass wir hier auch nur einer einzigen Menschenseele begegnen würden, hätte ich nie für möglich gehalten.«

»Ich auch nicht«, flüsterte Peggy und sah ihn, ebenso wie Lissy, mit angstvoll geweiteten Augen an.

»Na, deshalb braucht ihr euch nicht gleich zu fürchten«, sagte er beruhigend, »vielleicht ist es ja …«

»… ein Vogelex … ex … Dingsda«, ergänzte Larry und fuhr sich ein paar Mal über seine Stoppelfrisur.

»Experte meinst du«, half Ben mit freundlichem Grinsen.

»Also einer, der sich mit Vogelkunde beschäftigt.« Chris nickte und runzelte nachdenklich die Stirn.

»Ein Studierter«, fügte Georg hinzu.

»Pst!«, flüsterte Peggy und alle schwiegen von neuem. Das Pfeifen wurde lauter und lauter.

Der Pfeifende schien sich mehr und mehr zu nähern, und wie auf Verabredung zogen sich die Lauschenden –

sie hätten selbst nicht gewusst, warum – tiefer in ihr Versteck zurück.

Jetzt hatte es den Anschein, als sei er gerade über ihnen. Und eine Sekunde später tauchte der Beweis in Gestalt zweier riesiger nackter, nicht sehr sauberer Füße auf, die oberhalb des Höhleneingangs zum Vorschein kamen.

»Wenn die einem Gelehrten gehören, heiße ich Hans«, dachte Ben, und es gab wohl niemanden unter ihnen, dem nicht ein ähnlicher Gedanke durch den Kopf ging.

Doch im nächsten Augenblick wurden sie schwankend in ihrer Meinung, denn neben den Füßen erschien nun, an einem langen Lederriemen baumelnd, ein Fernglas. Sollten sie sich doch getäuscht haben? Nur nach dem äußeren Schein durfte man schließlich nicht urteilen.

»Seine Schuhe hat er vielleicht nur ausgezogen, weil er hier oben barfuß besser laufen kann«, dachte Lissy.

Larry vermutete für sich: »Vielleicht ist es doch ein Vogelex… ex … ach, ist ja auch egal, vielleicht trägt er ja Shorts und einen Bart.« Diese Vorstellung reizte ihn dermaßen zum Lachen, dass er sein Taschentuch fest vor den Mund presste, um nicht laut herauszuprusten.

»Sein Gesicht müsste man sehen können«, dachte Ben, »dann könnte man schon sagen, was für einer er ist.«

Dieser Gedanke war so übel nicht, aber er nützte leider nicht viel. Solange sie hier unten hockten, blieb das Gesicht des Mannes unsichtbar für sie, und woran sonst

sollten sie erkennen, zu welcher Sorte Mensch er gehörte?

Es gab noch etwas, o ja, und das sollten sie schon wenige Minuten später erfahren. Von neuem verschwand das Fernglas, wurde an dem Riemen emporgezogen, und gleich darauf hörten sie einen so grässlichen Fluch, dass sie alle zusammenschraken. Nein, jemand, der so fluchte, konnte nie und nimmer ein Gelehrter sein!

»Hoffentlich bleibt er nicht zu lange«, dachte Ben. »Ich habe wirklich keine Lust, Bekanntschaft mit dem Kerl zu machen.«

Diesen verständlichen Wunsch teilte er mit allen anderen, auch mit Georg, der im Interesse der Kinder gern einer unliebsamen Begegnung aus dem Weg gegangen wäre. Doch sie mussten sich noch eine Weile gedulden, ehe die vor ihrer Nase baumelnden Füße verschwanden und sich ihr Eigentümer unter neuerlichem lautem Pfeifen entfernte.

»Jetzt sehe ich mir den Burschen einmal an, wenn auch nur von weitem«, sagte Georg und die Jungen folgten ihm vorsichtig ein Stück.

Aber sie konnten niemanden entdecken. Nur das sich allmählich entfernende Pfeifen drang noch an ihr Ohr.

»Komisch«, murmelte Georg, als sie von ihrer ergebnislosen Suche zurückkehrten, »wo ist er denn geblieben?«

Und Ben sagte leise: »Und wonach hat er Ausschau gehalten?«

»Vielleicht ist es ein Schiffbrüchiger«, mutmaßte Peggy, die sich inzwischen gemeinsam mit Lissy aus der schützenden Höhle hervorgewagt hatte.

»Haha«, sagte Chris verächtlich und tippte mit dem Zeigefinger gegen seine Stirn.

»Im Gegenteil, er wird ein Boot hier haben«, meinte Larry nachdenklich.

Aber Georg schüttelte den Kopf. »Das hätten wir dann wohl in der Bucht entdecken müssen.«

»Vielleicht ist er auf der anderen Seite gelandet?«, fragte Ben.

»Nein, nein, das ist ausgeschlossen. Da ragt der Felsen überall ganz steil aus dem Wasser, da gibt es keine Möglichkeit heraufzukommen.«

»Und eine Verbindung zum Land besteht auch nicht?«

»Nein. Ich kann mir nur denken, dass der Mann auf ein Boot wartet, das ihn abholen soll, und dass er sich bis dahin in irgendeiner Höhle verkriecht.«

»In irgendeiner Höhle«, wiederholte Ben nachdenklich und sah sich noch einmal suchend um.

Georg zuckte lachend die Schultern. »Wo, weiß ich natürlich auch nicht. Aber es hat ja wirklich keinen Zweck, dass wir uns noch weiter den Kopf darüber zerbrechen. Wir wollen uns jetzt lieber den Wasserfall ansehen.«

Sie erreichten ihn über einen Felsvorsprung, der zu Peggys größter Erleichterung so breit war, dass man nicht zu fürchten brauchte herunterzufallen. Schon von weitem hörten sie das Tosen des in die Tiefe stürzenden Wassers. Und einen Augenblick später standen sie schweigend in den großartigen Anblick versunken.

Doch Chris' Gedanken waren noch immer bei dem seltsamen Fremden, der sich ja noch irgendwo hier oben aufhalten musste. Da sie ihn auf dem Weg hierher nicht getroffen hatten, konnte er nur auf der anderen Seite sein. Chris runzelte die Stirn und beschloss noch einmal nach ihm Ausschau zu halten, ehe sie sich wieder auf die Seemöwe begaben.

So verhielten er und Larry, den er auf dem Rückweg von seinem Vorhaben flüsternd in Kenntnis gesetzt hatte, den Schritt und erklommen das Gestein zu ihrer Linken und sahen sich um. Aber unter ihnen fiel der Felsen steil in die Tiefe. Nein, hier konnte sich niemand verstecken!

»Der Kerl kann sich doch nicht in Luft aufgelöst haben«, murmelte Chris verständnislos.

Larry zuckte die Schultern und rief gleich darauf: »Da, sieh mal, sieh dir doch mal den Wasserfall an!«

Nicht weniger fassungslos als sein Freund sah Chris, dass das Wasser allmählich bis auf ein Rinnsal versiegte.

»Verstehst du das? Verstehst du, wie das kommt?«, fragte Larry und nun hob Chris die Schultern und sagte: »Keine Ahnung. Aber darüber können wir jetzt nicht nachdenken. Wir müssen sehen, dass wir weiterkommen, damit die anderen uns nicht vermissen.«

Als sie die kleine Gruppe wieder erreichten, stellten sie mit Erleichterung fest, dass niemand sie vermisst hatte, und einen Augenblick später, auf dem Plateau angelangt, sagte Georg nach einem Blick auf seine Uhr: »Wenn wir pünktlich wieder zu Hause sein wollen, wird es langsam Zeit für uns. Außerdem habt ihr sicher alle einen Mordshunger. Wie wär's, wenn wir auf der Seemöwe die Würstchen heiß machten?«

Dieser Vorschlag wurde mit Begeisterung aufgenommen, und alle waren verwundert darüber, dass sie bis jetzt keinen Gedanken an das Mittagessen verschwendet hatten. Aber es war wohl zu viel Neues auf sie eingestürmt, den seltsamen Fremden nicht zu vergessen.

»Ich möchte zu gern wissen, wo der Kerl geblieben ist«, sagte Chris nun noch einmal, während sie sich nach einem letzten Blick ringsrum an den Abstieg begaben.

»Er wird doch nicht heruntergefallen sein?«, fragte Peggy plötzlich.

»Der wirkte gar nicht nach Herunterfallen«, meinte Ben, »da brauchst du dir bestimmt keine Sorgen zu machen.«

»Das glaube ich auch«, Larry nickte, »er wirkte eher so, als sei er hier zu Hause.«

»Zu Hause ist gut.« Lissy kicherte und konnte gar nicht wieder aufhören, so sehr reizte sie der Gedanke zum Lachen, der Mann könne in dieser Einsamkeit wohnen.

Doch Georg machte ihrem Heiterkeitsausbruch ein rasches Ende, indem er energisch befahl: »Nun aber Schluss, sonst bist du es noch, die herunterfällt.«

Lissy schwieg erschrocken und beschäftigte sich fortan mit nichts anderem mehr, als auf den Weg zu achten.

Chris aber konnte es nicht lassen, nach einer Weile zu sagen: »Vielleicht haben wir uns den ganzen Kerl ja nur eingebildet.« Nun musste Larry kichern und wollte gerade etwas entgegnen, als sie wie angewurzelt stehen blieben.

Von irgendwoher kam wieder das Pfeifen! Aber sie konnten niemanden sehen!

VII
Eine böse Überraschung

Ohne ein weiteres Wort gelangten sie zum Fuße des Felsens, sprangen über das glitschige Gestein und waren wenige Minuten später an Bord der Seemöwe.

»Puh«, machte Larry, »bin ich froh, dass wir wieder auf unserem guten alten Kahn sind! Dieses blöde Gepfeife konnte ich schon nicht mehr hören!«

»Und ich nicht mehr das Knurren meines geplagten Magens.« Chris grinste und rief den Mädchen, die schon die Treppe zur Kajüte hinunterliefen, zu: »Beeilt euch bitte ein bisschen. Ich sterbe gleich vor Hunger!«

Sie nickten und lachten, wehrten aber entsetzt ab, als Larry vorschlug, ihnen zu helfen. »Untersteht euch!«, schrien sie und schlugen die Tür hinter sich zu.

Georg hatte den Anker gelichtet, und die Seemöwe glitt über das ruhige Wasser der Bucht, durch das Felsentor und weiter und weiter. Die Jungen hockten nebeneinander, sahen zurück zu den Vogelklippen und unterhielten sich leise über den Fremden, der so plötzlich aufgetaucht und so spurlos verschwunden war.

»Na«, sagte Ben und blinzelte schläfrig in die Sonne, »dieses Rätsel werden wir nicht lösen und wenn wir uns noch so sehr den Kopf zerbrechen.«

»Was für ein Rätsel?«, fragte Peggy mit großen Augen, die hinter Lissy an Deck erschienen war. Doch die Schüsseln mit den dampfenden Würstchen und mit dem leckeren Kartoffelsalat bewirkten, dass sie an Stelle einer Antwort nur ein begeistertes Jubelgeschrei zu hören bekam.

»Die Mädchen sollen leben!«, rief Chris und hob sein mit Limo gefülltes Glas. »Sie haben uns vorm Hungertod errettet!«

»Du meinst Mrs. Fass«, sagte Lissy.

»Also gut, Mrs. Fass soll leben«, rief Chris und fügte sehnsüchtig hinzu: »Die uns hoffentlich mit einem besonders guten Abendbrot empfängt. Ein Kaiserschmarren zum Beispiel wäre nicht zu verachten.«

Die Kinder lachten und Larry stöhnte: »Wie man jetzt nur noch an Essen denken kann. Ich für meinen Teil bin so satt, dass …«

»… er ist eben ein Fresssack«, unterbrach Lissy ihn kichernd.

»… der für Mrs. Fass' Kaiserschmarren sein Leben lässt«, ergänzte Ben ernsthaft.

Sie waren alle in bester Stimmung, doch nun nach den ungewohnten Anstrengungen so müde, dass Georg vorschlug, ein Nickerchen zu machen. So holten sie denn alle verfügbaren Decken aus der Kajüte, wickelten sich hinein, und es dauerte nicht lange, und sie waren trotz der harten Schiffsplanken fest eingeschlafen.

Als sie erwachten, nickte Georg ihnen zu und sagte: »Es ist längst Teezeit.«

Wenig später saßen sie alle bei einer Tasse des heißen Getränkes beisammen, und das Gespräch drehte sich, wie sollte es anders sein, um die Erlebnisse des Vormittags.

»Die vielen, vielen Vögel, war das nicht ein wunderbarer Anblick?«, sagte Peggy und griff gedankenverloren nach einem Zopfende.

»Und die riesigen schmutzigen Füße«, meinte Larry mit todernster Miene, »war das nicht auch ein wunderbarer Anblick?«

Selbstverständlich erntete er für diesen Ausspruch allgemeines Gelächter und selbstverständlich sprachen sie nun von neuem über den Mann. Chris berichtete, dass Larry und er noch einmal vergeblich nach ihm Ausschau gehalten hatten.

»Hast du eigentlich schon die Geschichte mit dem Wasserfall erzählt?«, fragte Larry plötzlich.

»Nein«, rief Chris, erstaunt darüber, dass er bis jetzt noch nicht daran gedacht hatte. »Also passt auf, das war so«, begann er und schloss mit vor Eifer gerötetem Gesicht: »Kannst du uns vielleicht erklären, Georg, warum das Wasser immer weniger wurde?«

Georg schüttelte den Kopf und sagte stirnrunzelnd: »Erklären kann ich das auch nicht genau. Es wird wahrscheinlich wechseln, vor allen Dingen nach Trockenheit oder starken Regenfällen.«

»Na, die Hauptsache ist, dass wir ihn noch in Betrieb gesehen haben und Chris ein paar gute Aufnahmen hat machen können«, sagte Ben und lachte.

»Aufnahmen«, wiederholte Chris langsam und starrte ihn entgeistert an. »Mein Fotoapparat! Ich habe meinen Fotoapparat liegen lassen!«

»Nein!«, riefen die Mädchen wie aus einem Munde.

»Das ist doch gar nicht möglich«, sagte Larry, »du trägst ihn doch immer über der Schulter.«

»Vielleicht hast du ihn vorhin hier irgendwohin gelegt und weißt es nur nicht mehr«, meinte Ben ruhig.

»Und ihr habt ihn aus Versehen mit den Decken zusammen heruntergetragen«, meinte Georg. »Seht nur erst einmal überall nach.«

»Das hat ja keinen Zweck!«, rief Chris verzweifelt. »Das hat doch bestimmt keinen Zweck! Ich weiß jetzt ganz genau, dass ich ihn da oben gelassen habe, und zwar in der Höhle. Wisst ihr noch, dass ich einen neuen Film einlegen wollte? Da kam uns dieser Kerl dazwischen, und als er wieder weg war und wir hinausgingen, habe ich ihn vergessen.«

»Oh, Chris, wie konntest du nur!«, sagte Lissy entsetzt.

»Wie konntest du nur, wie konntest du nur!«, äffte er sie nach und weinte beinahe vor Kummer und Wut. »Glaubst du vielleicht, ich habe es mit Absicht gemacht?

Wenn dieser komische Bursche nicht gekommen wäre, wäre mir das niemals passiert!«

Die anderen schwiegen, und Chris, der ahnte, was jeder von ihnen dachte, sagte schnell: »Ich weiß, ich weiß, ihr denkt trotzdem, dass ich liederlich bin, weil ich vorigen Herbst denselben Quatsch gemacht habe. Aber da war ja auch etwas Besonderes los, das müsst ihr zugeben. Damals war es schon schlimm genug«, fuhr er zu Georg gewandt fort, »aber jetzt … diesen Apparat habe ich nämlich zu Weihnachten bekommen, er ist besonders wertvoll.«

»Und war bestimmt furchtbar teuer«, sagte Peggy bekümmert.

»Vater und Mutter werden furchtbar böse sein«, fügte Lissy hinzu.

»Umkehren könnten wir wohl nicht mehr?«, fragte Chris zaghaft.

»Umkehren?« Georg lachte gutmütig. »Wir sind ja bald zu Hause.«

Nach diesen Worten herrschte bedrücktes Schweigen und endlich begann Chris von neuem: »Wenn der Kerl den Apparat findet, dann nimmt er ihn bestimmt mit.«

»Der? Immer!«, bestätigte Larry düster. »Unter Garantie!«

Georg warf dem unglücklichen Chris einen prüfenden Blick zu und sagte dann freundlich: »Also gut, wenn Miss Jones nichts dagegen hat, fahren wir noch einmal hin.«

»Das ist aber anständig von dir!«, rief Chris mit einem Seufzer der Erleichterung. Niemand hätte behaupten können, dass er nun vor Glück strahlte, aber er wirkte doch sehr getröstet.

»Du kriegst ihn schon wieder. Pass nur auf«, versicherte Lissy eifrig.

»Bestimmt!«, pflichtete Peggy ihr nicht weniger eifrig bei.

»Das glaube ich auch«, meinte Ben ruhig. »Es ist doch gar nicht gesagt, dass der Bursche den Apparat entdeckt hat.«

»Wir müssen nur so schnell wie möglich fahren«, überlegte Larry stirnrunzelnd.

Ja, dass sie nicht viel Zeit verlieren durften, darüber waren sich alle einig und auch darüber, dass sie Miss Jones besser nichts von ihrer seltsamen Begegnung erzählten.

»Wenn sie erfährt, dass uns da ein Mann mit nackten Füßen über den Weg gelaufen ist, der sich hinterher in Luft aufgelöst hat, haben wir nichts mehr zu hoffen, dann erlaubt sie es nie!«, sagte Chris und dämpfte seine Stimme so, dass Georg ihn nicht hören konnte.

Es war ja nicht unbedingt nötig, dass er von ihrer Absicht wusste. Von ihm selbst würde Miss Jones wohl kaum etwas über ihr Erlebnis auf den Vogelklippen erfahren, denn Georg sprach nie mehr als unbedingt erforderlich.

»Vielleicht ist der Kerl ja auch inzwischen endgültig

verschwunden«, ließ Larry sich nach einer Weile wieder vernehmen.

»Wenn er nicht doch dort oben irgendwo wohnt«, sagte Peggy.

Alle lachten, nur Lissy verzog seltsamerweise keine Miene. Mit nachdenklich gerunzelter Stirn sah sie von einem zum anderen und endlich sagte sie langsam: »Ich glaube, ich weiß, wo der Mann geblieben ist!«

Mach keine Witze, wollte Chris gerade sagen, doch da fuhr sie schon mit triumphierendem Ton fort: »Hinter dem Wasserfall, in den Klippen!«

VIII
Zwei ganz seltene Vögel

Einen Augenblick lang herrschte Schweigen, dann aber fragte Ben schnell: »Hinter dem Wasserfall? In den Klippen?«

»Das ist doch Blödsinn!«, murmelte Chris mit einer wegwerfenden Handbewegung. »Wie sollte das denn gehen?«

»Ganz einfach«, sagte Lissy schnell. »Larry und du, ihr habt doch erzählt, dass das Wasser plötzlich aufhörte zu fließen, nicht wahr? Und nun nehmt mal an, in dem Felsen wäre ein Spalt, also eine Art Eingang. Könnte man da nicht wunderbar drin verschwinden?«

»Hm«, machte Ben, nicht ganz überzeugt. »Vielleicht. Nur, dann müsste derjenige auch wissen, so ungefähr jedenfalls, wann er wieder herauskann, das heißt, wann der Wasserfall wieder außer Betrieb ist.«

»Das wird er auch wissen«, meinte Lissy mit vor Erregung gerötetem Gesicht, »das wird er auch!«

»Blödsinn«, wiederholte Chris und warf seinem in Gedanken versunkenen Freund Larry einen aufmunternden Blick zu. »Das ist doch Blödsinn, was, Larry?«

Aber Larry zuckte die Schultern, strich über seine Stoppelfrisur und sagte zögernd: »Ich weiß nicht. Vielleicht hat sie sogar Recht.«

»Unmöglich ist es nicht«, meinte nun auch Georg, und allmählich gelangten sie alle zu der Überzeugung, dass Lissys Idee nicht so ohne weiteres von der Hand zu weisen war.

Ben sagte endlich mit leichtem Grinsen: »Schließlich ist es doch viel unwahrscheinlicher zu denken, dass der Mensch sich in Luft aufgelöst haben soll.«

Die Sonne war schon im Sinken begriffen, als sie endlich am Strand von Spiggy Holes festmachten. Es war verabredet worden, dass die nächste Fahrt am übernächsten Tag stattfinden sollte.

»Und wenn Miss Jones es doch nicht erlaubt, sagen wir dir natürlich vorher Bescheid!«, rief Chris noch über die Schulter Georg zu, ehe sie den in der Abendsonne liegenden Strand entlangliefen.

Miss Jones erwartete sie nicht wie gewöhnlich in der Haustür, sondern schon am Fuße der Klippen, wo sie ihnen, die Augen mit der Hand beschattend, entgegensah.

»Nun, Kinder, war es schön?«, fragte sie mit freundlichem Lächeln und erhielt die einstimmige Antwort: »Wunderbar!«

»Na, dann kommt.« Sie nickte ihnen der Reihe nach

zu. »Mrs. Fass hat etwas besonders Gutes zum Abendessen vorbereitet.«

Tatsächlich hatte sich die Köchin die erdenklichste Mühe gegeben und in rührender Weise für das leibliche Wohl der Kinder gesorgt. Als sie nach der Tomatensuppe einen knusprigen Braten auftrug, staunten die Kinder: »Das ist ja ein richtiges Menü!«

»Das ihr auch redlich verdient habt nach dem anstrengenden Tag ohne richtige Mahlzeit«, meinte ihre Wohltäterin so brummig wie möglich und strahlte gleich darauf übers ganze Gesicht.

Nachdem sie endlich auch die Nachspeise verputzt hatten, hielt Chris die Zeit für gekommen, Miss Jones von seinem Missgeschick und ihrem Vorhaben in Kenntnis zu setzen. »Georg nimmt sich extra einen Tag für uns frei und will übermorgen noch einmal mit uns zu den Vogelklippen fahren«, schloss er und versuchte unter gesenkten Wimpern die Wirkung dieser Worte zu ergründen.

Sie war ganz ähnlich, wie er und alle anderen es erwartet hatten. »Nein«, sagte die alte Dame entsetzt, »nun seid ihr gerade gesund und munter zurückgekommen!«

»Das werden wir das nächste Mal auch«, versicherte Chris beruhigend und bemühte sich krampfhaft, ein Lachen zu unterdrücken. Wie konnte man nur so ängstlich sein!

»Hoffentlich«, entgegnete sie und fügte kopfschüttelnd hinzu: »Dass du aber auch so leichtsinnig warst, den wertvollen Fotoapparat liegen zu lassen. Wie konnte das nur passieren?«

»Also, das war so«, begann Chris eifrig, ohne die warnenden Blicke der anderen zu beachten, »ich wollte einen neuen Film einlegen, und plötzlich hörten wir ... äh, sahen wir ...« Er schwieg verwirrt. Du liebe Zeit, er war ja tatsächlich auf dem besten Weg, sich zu verplappern!

»Nun, was saht ihr denn?«, hörte er Miss Jones' Stimme und gleich darauf die von Larry: »Etwas sehr Interessantes.«

»Etwas sehr, sehr Interessantes«, fügte Ben schnell hinzu, »nämlich ...«

»... zwei ganz seltene Vögel«, ergänzte Chris, einer plötzlichen Eingebung folgend, worauf Larry in Gedanken verbesserte: »Zwei ganz seltene Füße!« und ins Kichern geriet.

»Sie schillerten in allen Farben«, fuhr Chris fort, »und als sie aufflogen, liefen wir hinterher. Und dann kam die komische Geschichte mit dem Wasserfall, der plötzlich aufhörte zu fließen, und dann, ja dann habe ich überhaupt nicht mehr an den Apparat gedacht.«

»Da ist euch ja Seltsames genug begegnet«, sagte Miss Jones kopfschüttelnd. »Vögel, die in allen Farben schillern, und ein Wasserfall, der plötzlich seine Tätigkeit einstellt. Aber trotzdem hättest du auf deinen Apparat besser Acht geben müssen.«

»Das werden Vater und Mutter auch sagen«, murmelte Chris zerknirscht. »Sie werden sehr, sehr sauer sein!«

»Furchtbar sauer!«, bestätigte Lissy mit großen Augen und Peggy meinte: »Sie werden Chris überhaupt nicht mehr beachten!«

»Verstoßen werden sie ihn!«, fügte Larry düster hinzu.

Miss Jones lächelte. »Ich weiß schon, worauf ihr hinauswollt, Kinder. Aber ihr könnt unbesorgt sein, solcher Schwarzmalerei bedarf es nun wahrhaftig nicht, um meine Erlaubnis für eine nochmalige Fahrt zu den Vogelklippen zu erhalten.«

Selbstverständlich war der Jubel groß, und es dauerte eine ganze Weile, ehe Miss Jones sich wieder Gehör verschaffen und hinzufügen konnte: »Ihr müsst mir nur versprechen, keine Dummheiten zu machen.«

»Dummheiten!«, rief Peggy empört. »Wir haben jetzt ja auch keine gemacht. Und Georg ist dabei! Und überhaupt!«

»Dann muss ich also ›auch diesmal‹ hinzusetzen.«

Die Kinder lachten und Chris sagte ein wenig außer Atem: »Es ist furchtbar anständig von Ihnen, dass Sie es uns noch einmal erlauben. Vielen, vielen Dank!«

Zum allseitigen Erstaunen bekam Miss Jones' Lächeln etwas beinahe Spitzbübisches, als sie nun mit besonderer Betonung meinte: »Ich kann doch nicht zulassen, dass deine Eltern dich verstoßen!«

Chris und Larry wurden feuerrot, dann aber stimmten sie in das Gelächter der anderen ein.

In der folgenden Stunde, die sie noch bis zum Schlafengehen beisammen blieben, erzählten die fünf ausführlich von ihrem Ausflug, und Miss Jones erkundigte sich noch einmal voller Interesse nach der unerklärlichen Beobachtung, die sie an dem Wasserfall gemacht hatten.

»Wahrhaftig, da habt ihr Seltsames erlebt«, wiederholte sie und raunte beim Gutenachtsagen Chris zu: »Übrigens, könnte es sich bei den Vögeln, die in allen Farben schillerten, vielleicht um Phantasievögel gehandelt haben?«

Chris schwieg und wurde wieder feuerrot. Als sie alle die Treppe zu ihren Zimmern hinaufliefen, flüsterte er Larry zu. »Den Blödsinn mit den Vögeln hat sie durchschaut! Hättest du das für möglich gehalten?«

IX
Ein Feuerzeug am Boden

Am anderen Morgen verschliefen die Kinder so gründlich, dass sie sich ein wenig schuldbewusst an dem zu so später Stunde noch immer für sie gedeckten Frühstückstisch niederließen.

»Sie hätten uns doch wecken können«, sagte Ben verlegen, aber Miss Jones schüttelte energisch den Kopf und meinte freundlich: »Ich glaube, ihr hattet den Schlaf nach dem gestrigen anstrengenden Tag dringend nötig.« Mrs. Fass, die eben mit der mächtigen Teekanne erschien, fügte, während sie die Tassen füllte, hinzu: »Besonders, wo es morgen schon wieder losgehen soll, wie ich höre. Na, wenn es nach mir ginge …« Sie schwieg. Nun wusste jeder, wie sie zu dem Unternehmen stand.

»Hoffentlich macht es Fässchen nicht zu viel Mühe, noch einmal einen Picknickkorb für uns zu packen«, sagte Peggy mit scheinheiliger Miene.

»Mühe«, wiederholte Mrs. Fass empört, »was für Mühe sollte mir das bisschen Picknickkorb wohl machen! Was wollt ihr denn mitnehmen? So wie das letzte

Mal? Oder hat es nicht gereicht? Ich kann auch noch etwas dazulegen.«

Die Kinder lachten. »Nein, nein, es war übergenug! Es war überhaupt ein wunderbarer Picknickkorb!«

Mrs. Fass strahlte. »Na, mit dem nächsten sollt ihr auch zufrieden sein!«

Das Wetter war nicht weniger schön als am vergangenen Tag, und so nahmen die fünf ihre Badeanzüge und liefen zum Strand hinunter, um ein Stück hinauszuschwimmen. Als sie zurückgekehrt waren, erfuhren sie, dass der Postbote inzwischen ein Telegramm gebracht hatte, in dem Rannys Kommen für den Abend des nächsten Tages angekündigt wurde.

»Puh«, stöhnte Larry, »da haben wir aber Glück, dass er nicht heute schon aufkreuzt! So sicher bin ich nämlich gar nicht, ob er es erlaubt hätte, dass wir noch einmal in den Vogelklippen herumkraxeln.«

»Na, das Kraxeln hätte er ja wohl noch in Kauf genommen«, meinte Chris, »aber den Kerl nicht!«

»Von dem hätte er ja nichts erfahren«, entgegnete Larry, während er ihn aus den Augenwinkeln betrachtete. »Das heißt, wenn du dich nicht verplappert hättest!« Sie lachten und Lissy fragte ein wenig ängstlich: »Ob wir ihm wohl morgen wieder begegnen?«

»Ach wo, das glaube ich nicht«, sagte Ben beruhigend. »Georg wird schon Recht haben, dass er nur auf jemanden gewartet hat, der ihn abholt.« Da ihre Gedanken sich nun einmal dem seltsamen Fremden zugewandt hatten, drehte sich das Gespräch während des Nachmittags, den sie im Garten unter den Pflaumenbäumen verbrachten, fast ausschließlich um ihn und sein geheimnisvolles Verschwinden, bis endlich Chris in komischer Verzweiflung rief: »Hört auf, hört auf! Ich will von dem Quatsch nichts mehr wissen!«

Sie gingen zeitig zu Bett, da sie auch dieses Mal in aller Herrgottsfrühe aufstehen mussten. Auch dieses Mal gaben ihnen Miss Jones und Mrs. Fass bis zum Strand das Geleit und auch dieses Mal wurden sie von Georg herzlich empfangen. Nur über ihren Picknickkorb machte er sich diesmal nicht lustig. Die Kinder nahmen es als Zeichen dafür, dass auch er inzwischen die Nützlichkeit dieses Gepäckstückes erkannt hatte.

Bei strahlendem Sonnenschein und einer leichten Brise verlief die Fahrt ohne Zwischenfall, und endlich fuhren sie durch das Felsentor in die Bucht und gingen wenig später vor Anker.

»Jetzt bin ich gespannt, ob der Kerl sich doch noch hier herumtreibt«, sagte Chris leise, als sie am Fuße des Felsens angelangt waren.

Niemand antwortete ihm und schweigend begaben sie sich an den Aufstieg. Wäre das Geschrei der durch ihre Ankunft aufgescheuchten Vögel nicht gewesen, hätten sie sich wohl bemüht, auf ein Pfeifen zu lauschen. So aber hatte es nicht den geringsten Sinn, der Lärm ringsumher übertönte alles.

Als sie endlich auf dem Plateau angelangt waren,

stürzte Chris in die Höhle, erschien gleich darauf wieder, schwenkte seinen Fotoapparat und schrie: »Ich habe ihn! Ich habe ihn!«

»Na also!«, sagte Georg erleichtert und nickte ihm zu.

»Ihr glaubt gar nicht, wie froh ich bin!«, rief Chris, holte tief Luft und strahlte einen nach dem anderen an. Zu Georg gewandt fügte er hinzu: »Und jetzt lege ich einen neuen Film ein und mache ein paar Aufnahmen vom Wasserfall.«

»Wenn er in Betrieb ist«, sagte Larry und grinste breit.

»Wenn er in Betrieb ist.« Chris nickte und grinste zurück.

»Und ich hatte gedacht, wir könnten uns ein bisschen ausruhen«, maulte Peggy, die, auf einem Felsbrocken sitzend, eine Tafel Schokolade in mehrere Stücke zerbrach. »Mir ist nämlich noch ganz übel von der ekligen Kletterei.«

»Wenn dir übel ist, würde ich dir empfehlen, keine Schokolade zu essen«, riet Chris mit einer Stimme, die so vor Mitgefühl triefte, dass Peggy ihm einen misstrauischen Blick zuwarf.

Ben lachte. »Wenn die Mädchen lieber hier bleiben möchten, kann ich ja mit Chris zum Wasserfall gehen.«

»Ich komme mit«, sagte Larry, ohne zu zögern.

»Wir sind ja gleich wieder zurück«, fügte Ben beruhigend hinzu.

»Also schön«, sagte Georg. »Dann warten wir hier auf euch.«

»Lass bloß den Apparat nicht wieder liegen!«, rief Lissy ihm nach und kicherte. Aber Chris wandte sich nicht einmal um. Derartig anzügliche Bemerkungen überhörte man am besten.

Die Jungen kamen verhältnismäßig schnell voran.

Hin und wieder blieben sie einen Augenblick stehen, um auf das Pfeifen zu lauschen, denn die Vögel hatten sich, genau wie beim ersten Mal, inzwischen wieder beruhigt, und ihr wildes Geschrei war verstummt. Aber sie hörten nichts, auch das Rauschen des Wasserfalls nicht.

»Er wird nicht in Betrieb sein«, sagte Ben, und wenig später sahen sie, dass er Recht hatte.

Nur ein klägliches Rinnsal kam aus dem Felsen und Chris murmelte bedauernd: »Schade!«

Ein paar Sekunden lang standen sie da und wollten gerade wieder umkehren, als Larry plötzlich sagte: »Wollen wir vielleicht einmal nachsehen, ob Lissys Idee stimmt? Ob es vielleicht wirklich einen Eingang in den Felsen gibt?«

»Na klar!«, rief Chris und fügte grinsend hinzu: »So schnell kommen wir wahrscheinlich nicht wieder hierher«, und Ben ergänzte nach kurzem Überlegen: »Und lange wird es ja nicht dauern.«

So gingen sie also auf dem Felsenvorsprung weiter bis zu der Stelle, an der das Rinnsal über sie hinweg in die Tiefe floss, und schwiegen starr vor Staunen über das, was sie sahen.

Vor ihnen gähnte eine Öffnung, groß genug, dass sich ein Mann hindurchzwängen konnte.

»Sie hat Recht gehabt«, flüsterte Chris endlich. »Sie hat Recht gehabt.«

»Wollen wir?«, fragte Larry leise. »Das Fotografieren hätte ja auch Zeit in Anspruch genommen. Und wir brauchen ja auch nur einen Blick hineinzuwerfen.«

»Ach ja, los«, drängte Chris den recht unschlüssig wirkenden Ben. »Wenn wir jetzt umkehren, werden wir uns das niemals verzeihen!«

»Also gut«, sagte Ben und zog eine kleine Taschenlampe hervor. »Aber nur für einen Augenblick!«

Nach diesen Worten wandte er sich um und war gleich darauf in der Felswand verschwunden.

»Puh«, machte Chris, der ihm auf dem Fuße folgte, »ist das finster hier!«

»Hattest du etwas anderes erwartet?«, sagte Larry leise, während sie sich im schwachen Schein der kleinen Lampe umsahen.

Vor ihnen, zu ihrer Rechten, lag das schmale Bett des Grabens, dessen Wasser den Wasserfall speiste; zu ihrer Linken war ein Felsvorsprung, auf dem es sich wohl vorankommen ließ, wenn auch zuweilen in gebückter Haltung, da die Decke sich hin und wieder senkte.

Ohne ein Wort zu sagen, erklomm Ben ihn, ging einige Schritte, und Chris und Larry folgten ihm. »Weiter«, flüsterte Chris, als Ben stehen blieb, »nur noch ein Stückchen.«

Sie mussten Acht geben, dass sie nicht auf dem glitschigen Gestein ausrutschten, denn zu Zeiten, in denen der Graben sich mit Wasser füllte, konnte es nicht ausbleiben, dass auch der Felsvorsprung überflutet wurde.

Gerade wollte Ben endgültig umkehren, als er plötzlich sah, dass der Sims in eine Höhle führte. »Die sehen wir uns noch an«, sagte er schnell, »und dann gehen wir zurück.«

Falls sie erwartet hatten, etwas Besonderes zu entdecken, so wurden sie enttäuscht. Der Raum war leer und so totenstill, dass es den drei Jungen erst jetzt richtig zu Bewusstsein kam, wo sie sich befanden: Mitten in einem Felsen, abgeschnitten von der Außenwelt.

Ben ließ den Schein der Taschenlampe über die Wände gleiten und entdeckte am Ende der Höhle eine zweite Öffnung.

»Da geht's noch weiter«, sagte Chris leise. »Aber wohin?«

Es war eine zweite, jedoch kleinere Höhle, in deren Decke sich zum größten Erstaunen der Kinder ein Loch befand, zu dem ein paar in den Stein gehauene Stufen hinaufführten.

»Halt!«, rief Ben, als er sah, dass Chris die Stufen hinauflief. »Wir können Georg und die Mädchen doch nicht so lange warten lassen!«

Aber Chris war schon verschwunden.

»So ein Idiot«, murmelte Ben, während er und Larry ihm folgten. »So ein Idiot! Das ist doch …«

Er schwieg entsetzt, denn als er gerade die Öffnung verließ und wieder auf festem Boden stand, glaubte er ein Geräusch zu hören. Er hätte nicht sagen können, wovon es herrührte, dass es aber aus dem nächsten der beiden vor ihnen liegenden Gänge kam, war ihm klar.

»Da hinein!«, befahl er flüsternd und eine Sekunde später standen die drei in dem anderen Gang an die Wand gepresst.

Und ehe Ben die Taschenlampe ausknipste, sah er es golden zu seinen Füßen aufblitzen. Vor ihnen am Boden lag ein Feuerzeug!

X
Überlistet

»Vielleicht hat es ein Tourist verloren«, dachte Ben, während er es in die Tasche schob, und hatte seinen Fund im nächsten Augenblick vergessen. Nichts mehr als die Furcht, entdeckt zu werden, beherrschte ihn und die beiden anderen. Regungslos standen sie da und lauschten und meinten Schritte und Stimmen zu hören.

Plötzlich aber wurde es still, und sie alle überlegten fieberhaft, was die Leute, die da den angrenzenden Gang entlangkamen, nun taten. Waren sie stehen geblieben? Aber wozu? Wollten sie vielleicht wieder umkehren?

»Ach, wenn sie doch umkehrten! Wenn sie doch verschwinden würden!«, dachte Ben und fuhr gleich darauf, genau wie Chris und Larry, erschreckt zusammen.

Ein Laut kam von drüben wie ein Zuruf oder ein Befehl, und dann folgte ein dumpfes Poltern, als würde etwas Schweres auf den Boden gesetzt. »Schmuggler!«, fuhr es Chris durch den Kopf. »Es sind bestimmt Schmuggler!«

»Ob es Schmuggler sind?«, überlegte Larry und Ben

dachte: »Wenn es wirklich Schmuggler sind, wenn sie irgendetwas ein- oder auspacken, kann es Ewigkeiten dauern, ehe wir hier wegkommen! Denn denen dürfen wir auf keinen Fall begegnen, die würden uns sofort irgendwo einsperren aus Angst, dass wir sie verraten. Ach, wären wir doch niemals hier hereingeraten! Wären wir doch ...«

Von neuem schraken sie zusammen, denn neben dem unablässigen Poltern und den Rufen hörten sie plötzlich ein Pfeifen.

»Ob das der Kerl von vorgestern ist?«, flüsterte Chris.

Niemand antwortete, aber auch Larrys und Bens Gedanken waren bei dem Mann mit den nackten Füßen. Dass er es war, der dort drüben pfiff, war natürlich nicht gesagt, pfeifen taten viele. Dass er aber zu der Bande gehören musste, davon waren sie nun alle felsenfest überzeugt.

»Wir hätten niemals noch einmal hierher fahren dürfen«, dachte Ben. »niemals, nachdem wir diesem Kerl begegnet waren! Und wir Idioten haben ihn noch vor Miss Jones verheimlicht! Warum nur hat Chris sich nicht ruhig verplappert! Und der verlorene Fotoapparat wäre schließlich auch zu ersetzen gewesen! Und was jetzt?«, dachte er verzweifelt. »Jetzt warten die anderen auf uns und ängstigen sich!«

Mit dieser Annahme hatte er jedoch nur zum Teil Recht, denn vorläufig war es nur Georg, der sich Sorgen um sie machte.

Nachdem Peggy die zweite Tafel Schokolade verteilt und Georg sich die zweite Pfeife angezündet hatte, meinte er stirnrunzelnd: »Nun könnten sie aber langsam wiederkommen«, und nach einer Weile, während er sich erhob: »Ich glaube, ich sehe mal nach ihnen.«

»Sollen wir mitkommen?«, fragte Peggy und gähnte.

»Braucht ihr nicht«, sagte er freundlich. »Ich bin ja gleich wieder da. Und wenn ich allein bin, geht es auch schneller.«

Die Mädchen nickten und er ging rasch davon. Wo blieben die Jungen nur? Sie hätten längst zurück sein müssen!

Kurz vorm Ziel begann er auf ihre Stimmen zu lauschen, fühlte, wie sein Herz in der unheimlichen Stille wild schlug, und stand gleich darauf starr vor Schreck da. Niemand war zu sehen! Sie waren alle drei verschwunden!

Im ersten Augenblick wollte er auf der Stelle umkehren, dann aber fuhr ihm der Gedanke an Lissys Vermutung durch den Kopf, hinter dem Wasserfall könne in der Felswand eine Öffnung sein. Er lief weiter, fand sie und lehnte sich eine Sekunde lang gegen das Gestein. Hier waren sie hineingegangen! Bestimmt! Und warum kamen sie nicht zurück? Hatten sie sich verlaufen? War ihnen am Ende etwas zugestoßen?

Er musste sie suchen! Was aber sollte mit den Mädchen geschehen? So ratlos war Georg wohl noch nie in seinem Leben gewesen, denn einerseits widerstrebte es ihm, sie vielleicht ganz unnötig zu erschrecken, andererseits, sie auf eine Suche in den Berg mitzunehmen.

»Was mache ich nur?«, murmelte er und plötzlich meinte er einen Ausweg gefunden zu haben. Er war zwar mit einer List verbunden, genauer gesagt, mit einem kleinen Schwindel, aber das durfte jetzt keine Rolle spielen, ihn nicht an seinem Vorhaben hindern.

Er lief zurück, verlangsamte seine Schritte, sobald er in Sichtweite der Mädchen gelangt war, und rief in möglichst unbefangenem Ton: »He, ihr beiden, die Jungen wollen gern noch einen Augenblick bleiben und ein paar Aufnahmen machen. Chris meint, er hätte die ersten alle verwackelt. Wollt ihr schon auf die Seemöwe gehen und euch um das Mittagessen kümmern? Die drei haben nämlich einen Mordshunger und freuen sich bestimmt, wenn alles schon fertig ist.«

Eigentlich hätten Lissy und Peggy sich wundern müssen, dass der sonst so fürsorgliche Georg sie allein zum Boot gehen lassen wollte. Da er aber an ihre Hausfrauenehre appellierte und sie selber allmählich Hunger verspürten, dachten sie nicht weiter über das Ungewöhnliche seines Vorschlags nach. Sie erhoben sich bereitwillig und nickten nur lachend, als er ihnen nachrief: »Aber seid vorsichtig!«

Einen Augenblick blieb er stehen, dann wandte er sich um, stand wenig später von neuem vor der Öffnung, knipste seine Taschenlampe an und war gleich darauf im Innern des Felsens verschwunden.

Er lief das Sims neben dem Graben entlang, durch die erste Höhle in die zweite, entdeckte das Loch in der Decke und die Stufen und lief hinauf.

Er hatte nicht nach den Jungen zu rufen gewagt, und nun war er froh, dass er es unterlassen hatte, denn aus dem linken Gang drangen Lichtschein und Stimmen.

Entsetzt blieb er stehen und knipste die Lampe aus. Was waren das für Männer? Was taten sie dort? Und vor allen Dingen, was sollte er jetzt tun? Umkehren? Ausgeschlossen! Er musste ja die Jungen suchen! Er musste sie unbedingt finden! Sollte er etwa ohne sie nach Spiggy Holes zurückkehren?

»Ich muss einen Augenblick in Ruhe überlegen«, dachte er und tat, ohne noch länger zu zögern, ein paar vorsichtige Schritte in die Finsternis des anderen Ganges hinein. Ein Stück noch schlich er weiter, dann aber blieb er aufatmend, den Rücken zur Wand gekehrt, stehen, um seine Gedanken zu ordnen.

Die Stimmung der Jungen war inzwischen immer verzweifelter geworden, und immer sehnsüchtiger warteten sie darauf, dass die Männer sich entfernten. Wenn sie nur gewusst hätten, wie spät es war. In der angstvollen Spannung, umgeben von völliger Dunkelheit, war ihnen jegliches Zeitgefühl verloren gegangen. Standen sie schon eine halbe Stunde hier? Oder eine? Oder länger? Sie hätten es nicht zu sagen gewusst. Und so gern Ben einen Blick auf seine Uhr geworfen hätte, er wagte es nicht, seine Taschenlampe auch nur für eine Sekunde anzuknipsen.

»Ich wundere mich, dass Georg uns nicht sucht«, flüsterte Larry endlich. »Er wird doch sicher auch daran denken, dass Lissy etwas von einem Eingang in den Felsen sagte.«

»Georg können wir gar nicht gebrauchen«, flüsterte Ben zurück. »Soll er sich vielleicht von denen da drüben schnappen lassen? Nein, nein, das Beste wäre, die Kerle würden verschwinden …«

Er schwieg entsetzt und lauschte. Jemand war in den Gang getreten! Schlich ihn entlang, näherte sich mehr und mehr! Gleich musste er bei ihnen sein! Ja, jetzt war schon sein Atem zu hören! Und jetzt blieb er stehen! Dicht vor ihnen blieb er stehen und trat noch einen Schritt zurück, sodass Bens Gesicht von rauem Stoff gestreift wurde!

»Aus!«, dachte Ben, wie die anderen vor Schreck erstarrt. »Nun ist alles aus!«

Er war kalt bis in die Fingerspitzen, sein Herz schlug wie rasend, und er meinte ersticken zu müssen und nicht den Bruchteil einer Sekunde länger den Atem anhalten zu können.

Hatte er diesem Wunsch nachgegeben?

Er wusste es nicht. Er wusste nur, dass ihn plötzlich der Strahl einer Taschenlampe blendete und er die Augen schloss.

»Wir haben uns verlaufen«, stotterte Chris.

»Wir sind rein zufällig hier«, beteuerte Larry mit heiserer Stimme. »Ohne bestimmte Absicht«, flüsterte Ben.

»Macht doch die Augen auf, ihr Idioten!«, kam es flüsternd zurück und gleich darauf sahen sie in Georgs strahlendes Gesicht und seufzten grenzenlos erleichtert auf. »Georg! Oh, wie hast du uns erschreckt!«

Ja, so viel Angst hatten sie wohl selten in ihrem Leben ausgestanden, doch nun berichteten sie hastig von dem Treiben der Männer und ihrer Absicht, sich hier bis zu deren Verschwinden verborgen zu halten.

»Wir haben nämlich Angst, dass sie uns erwischen, wenn wir zurückgehen, solange sie da drüben sind«, schloss Ben leise.

»Das ist natürlich schwierig«, entgegnete Georg langsam, »aber ewig können wir die Mädchen ja schließlich nicht warten lassen.«

Nach diesen Worten schwiegen sie, während sie angestrengt über das Für und Wider einer baldigen Flucht nachdachten. Doch die Entscheidung wurde ihnen ganz plötzlich und unerwartet abgenommen.

Ein Lichtschein wurde in einiger Entfernung sichtbar, ein Mann polterte in den angrenzenden Gang hinein und rief mit dröhnender Stimme: »Ich habe vor kurzem das Bürschchen aus dem Kahn im vorderen Eingang verschwinden sehen. Den wollen wir uns gleich mal schnappen. Dem werden wir das Schnüffeln abgewöhnen! Aber vorher gibst du mir noch einen Schluck, Jim, hab 'ne ganz trockene Kehle!«

»Los!«, befahl Georg, »wir müssen es wagen!«

Sie jagten davon, durch das Loch, die Stufen hinunter, durch die beiden Höhlen, das Sims entlang dem Ausgang zu. Sie wussten nicht, ob man sie verfolgte. Zeit, um sich umzusehen, hatten sie nicht. Sie jagten weiter, hinaus aus dem Felsen, und als sie das Plateau hinter sich gelassen hatten, wagte Chris es doch, einen Blick zurück zu tun, und sah hinter einer Klippe zwei Männer auftauchen!

»Sie kommen!«, keuchte er und nur ein Gedanke beherrschte sie alle: »Ach, wären wir doch erst auf der Seemöwe!«

»Vielleicht schaffen wir es noch«, sagte Georg verzweifelt. »Es sind ja nur noch ein paar Schritte!«

Ja, es waren nur noch ein paar Schritte. Als sie aber, am Wasser angelangt, die Augen hoben, wurden sie bleich vor Entsetzen.

Die Seemöwe war verschwunden!

XI
Ein Lichtsignal

So unbeschreiblich groß ihr Entsetzen auch war, die Furcht vor den Verfolgern war im Augenblick noch größer!

»Wenn wir ins Wasser springen?«, dachte Georg flüchtig, verwarf den Gedanken in der nächsten Sekunde und sah sich verzweifelt nach einem Versteck um. Gab es denn nichts, gar nichts, wo sie sich verbergen konnten? Nein, es schien nichts zu geben, nicht die geringste Möglichkeit!

Aber halt, was war das? Dort hinten unter dem Felsdach, wo er die Seemöwe festgemacht hatte? Dieser von Algen bewachsene Streifen im Gestein?

»Kommt!«, keuchte er, stürzte, von den Kindern gefolgt, darauf zu, riss die Pflanzen zur Seite und sah vor sich einen Spalt in dem Felsen, durch den sie sich vielleicht zwängen konnten.

»Los!«, befahl er, während sie schon Stimmen über sich hörten. Und gerade war er als Letzter verschwunden, hatte gerade noch mit einem Griff das Pflanzengewirr in seine alte Lage gebracht, als die Männer am Fuße des Felsens angelangt zu sein schienen. Denn nun konnten sie, erschöpft gegen die Wand gelehnt, deren Stimmen unterscheiden. Die eine tief und dunkel, die andere ein wenig näselnd und hell.

»Na nu«, brummte der erste, »niemand da? Wo sind die Vögelchen denn hingeflogen?«

»Vielleicht ins Wasser«, quäkte der andere. »Es soll schon Leute gegeben haben, die sich im Wasser verstecken.«

»Schön«, sagte der erste, »dann warten wir. Dann wird es ja nicht lange dauern, bis sie nach Luft schnappen, die Fischchen.«

»Und dann kriegen wir sie.« Der zweite kicherte.

»Dann kriegen wir sie«, war die gleichmütige Antwort. »Wenn nicht beim ersten, dann beim zweiten oder dritten Mal.«

»Oder beim vierten.« Der mit der näselnden Stimme hatte anscheinend seinen Spaß bei dem Gedanken, denn nun lachte er, meckernd und anhaltend.

Danach herrschte Stille, die nur vom Schrei einiger Vögel und einmal vom Klicken eines Feuerzeuges unterbrochen wurde. Für die Lauschenden aber war diese Stille angefüllt mit dumpfem Dröhnen, dem Klopfen ihrer Herzen. Was würden die Männer tun, wenn sich ihre Vermutung nicht bewahrheitete? Wenn niemand aus dem Wasser auftauchte? Würden sie nach ihnen suchen? Und wenn sie sie fanden, was dann?

Die Minuten wurden ihnen zu Stunden, doch endlich hörten sie den ersten der Männer von neuem: »Das verstehe ich nicht. So lange kann es doch kein Mensch da unten aushalten.«

»Vielleicht haben sie vorher trainiert«, meinte der zweite, eine Bemerkung, die sein Kumpan nur mit einem unwilligen »Nun mach doch keine Witze!« quittierte.

»Oder sie haben sich irgendwo versteckt«, sagte der ewig Kichernde nun in ganz ernsthaftem Ton.

Den Jungen stockte der Atem und auch Georg machte sich auf das Schlimmste gefasst. Nun würden sie ihr Versteck entdecken! Nun war gleich alles aus! Doch da gab der erste eine Antwort, die sie alle aufatmen ließ.

»Versteckt? Dass ich nicht lache! Wo denn? Hier gibt es keinen Spalt und keinen Riss, den ich nicht kenne, und ich kenne die Gegend schon seit etlichen Jährchen wie meine Westentasche. Bin ja schon lange genug im Geschäft. Nee, mein Lieber, hier ist nichts mit Verstecken!«

»Und weiter links?«

»Auch nicht.«

»Und rechts?«

»Höchstens für eine Ratte.«

»Ja, aber, wo sind sie denn dann geblieben?«

Eine Sekunde lang herrschte Schweigen und dann sagte der erste ruhig: »Abgestürzt und abgebuddelt!«

»Dann sind wir sie also los«, sagte der zweite und kicherte.

»Die sind wir los und ich wünschte, die beiden Damen wären mit von der Partie gewesen. Die sind uns nur ein Klotz am Bein und wenn wir zehnmal ihren lächerlichen Kahn versenken.«

Bei diesen Worten packte Ben Chris' Arm, Larry presste die Hand vor den Mund, um nicht einen Schrei des Entsetzens auszustoßen, und Georg knirschte vor Wut mit den Zähnen.

Ja, auf diese Weise wollte sich die Bande absichern, denn sie musste ja damit rechnen, dass man in absehbarer Zeit nach den Vermissten suchte. Dann sollte nichts mehr zu sehen sein, kein Boot und keiner der Insassen.

»Du meinst also, wir brauchen hier nicht mehr rumzustehen und Maulaffen feilzuhalten?«, hörten sie nun die näselnde Stimme von neuem.

»Das meine ich. Und ich meine auch, dass der Chef den Laden über kurz oder lang auflösen wird. Mach dich also demnächst auf einen Umzug gefasst.«

Nach diesen Worten wurde es still und auch das Geräusch sich entfernender Schritte war bald verklungen.

»Sie sind weg«, flüsterte Chris nach einer Weile und Larry fragte verstört: »Und was nun?«

»Ich sehe erst einmal nach, ob ich noch irgendetwas Essbares bei mir habe«, sagte Georg und versuchte so ruhig wie möglich zu scheinen.

»Essen! Jetzt!«, protestierte Chris und war der Erste, der nach dem Riegel Schokolade griff, den Georg jedem von ihnen reichte.

»Und dann, was machen wir dann?«, fragte Larry weiter.

»Dann überlegen wir in Ruhe, was wir tun können.«

»Aber wir können doch gar nichts tun!«, widersprach Ben verzweifelt.

»Vielleicht doch«, entgegnete Georg, nun tatsächlich etwas ruhiger geworden. »Wir können nach den Mädchen suchen. Es ist ja gar nicht gesagt, dass wir kein Glück haben und sie nicht irgendwo, in einer Höhle vielleicht, entdecken.«

»Nein, das ist natürlich nicht gesagt«, murmelte Ben und fügte bedrückt hinzu: »Aber wenn wir sie nun doch nicht finden?«

»Wir müssen es eben versuchen.«

»Jetzt gleich?«, fragte Chris.

Georg schüttelte den Kopf. »Wir müssen warten, bis es dunkel ist, dann sind wir sicherer, auch wenn die Kerle denken, dass wir ertrunken sind.«

»Warten? In dem Palast hier?« Chris stöhnte und zum ersten Mal sahen sich alle in ihrem Versteck um. Die Decke war so niedrig, dass sie noch nicht einmal in gebückter Haltung hätten stehen können, und das Ganze nicht breiter, als dass sie gerade dicht gedrängt nebeneinander hocken konnten.

»Wir können froh sein, dass Georg die Höhle gefunden hat«, sagte Ben, und alle schwiegen in Erinnerung an die entsetzliche Angst, die sie ausgestanden hatten. Bei diesem Gedanken fiel ihnen ein, welche Angst die

Mädchen wohl jetzt ausstehen mussten, und sie waren wieder nahe daran, den Mut sinken zu lassen.

»Und wenn wir Lissy und Peggy wirklich finden sollten, was dann?«, fragte Chris leise. »Ich meine, wie sollen wir überhaupt von hier wegkommen?«

»Ranny kommt heute Abend«, sagte Larry prompt und plötzlich voller Hoffnung, »und Ranny wartet nicht lange. Der startet gleich eine Suchaktion und wenn er ein paar Flugzeuge chartert!«

Die anderen sahen ihn überrascht an. Ranny! Niemand von ihnen hatte bis jetzt an ihn gedacht. Ja, er würde helfen, so schnell wie möglich, davon waren sie alle felsenfest überzeugt!

»Vielleicht kriegst du sogar die Seemöwe wieder«, sagte Ben und stieß Georg aufmunternd in die Seite.

Georg machte den kläglichen Versuch zu lächeln und nickte ihm zu.

»Vielleicht.« Ach nein, daran glaubte er nicht, aber das sollten die Kinder nicht merken, denn nichts war im Augenblick wichtiger, als ihnen ein wenig Mut einzuflößen.

Die Zeit schlich dahin und das Stimmungsbarometer sank allmählich von neuem auf null. »Wenn wir doch wenigstens nicht bis zum Dunkelwerden warten müssten, wenn wir doch gleich etwas unternehmen könnten!«, sagte Larry.

»Ich glaube, ich kann mich nie wieder bewegen, so steif bin ich«, murmelte Chris.

»Lange dauert es nicht mehr«, tröstete Georg die Jungen, »es ist bald Abend.«

»Und Miss Jones wartet auf uns«, dachte Ben bedrückt. »Wie wird sie sich ängstigen, die Ärmste!« Er seufzte verstohlen.

Unendlich fern schien Spiggy Holes nach den Erlebnissen dieses Tages, nach all der Angst und Aufregung, die damit begonnen hatte, dass sie in den Felsen hineingingen und sich vor den Männern verstecken mussten. In seinen Gedanken hier angelangt, fiel ihm plötzlich das Feuerzeug ein. Das Feuerzeug, das zu seinen Füßen im Schein der Taschenlampe aufgeblitzt hatte.

Er fasste in seine Jackentasche, zog es hervor und hielt es in die Höhe. »Seht mal«, sagte er, »was haltet ihr davon? Ich habe es heute Vormittag in dem Gang oben gefunden.«

»Es ist aus Gold«, meinte Georg, indem er es eingehend betrachtete. »Und hier in der Ecke sind die Anfangsbuchstaben eines Namens eingraviert. H. G., soviel ich bei der Beleuchtung erkennen kann.«

»So ein Ding kostet eine Menge Geld, nicht wahr?«, fragte Chris, der Bens Fund als Nächster in die Hand nahm, und Georg nickte. »Billig ist es bestimmt nicht gewesen.«

»Ob es einem von den Kerlen gehört?«, überlegte Ben stirnrunzelnd.

»Höchstens dem mit den schmutzigen Füßen«, entgegnete Larry trocken und alle mussten trotz ihrer misslichen Lage ein wenig lachen.

»Verwahr es nur gut«, riet Georg freundlich. »Wer weiß, ob es uns nicht doch noch von Nutzen sein kann, wenn wir ...« Er stockte und Chris vollendete trübsinnig: »... jemals wieder nach Hause kommen!«

Obwohl Georg durch ein aufmunterndes »Kopf hoch!« die Wirkung dieser Worte abzuschwächen suchte, herrschte nun von neuem gedrücktes Schweigen, und alle seufzten erleichtert auf, als er endlich nach einem Blick auf seine Uhr sagte: »Ich glaube, wir können gehen.«

Mit dem belebenden Gedanken, nun wenigstens nicht mehr tatenlos herumsitzen zu müssen, nun etwas unternehmen zu können, verließen sie einer nach dem anderen ihr Versteck und atmeten einen Augenblick später in tiefen Zügen die reine, kühle Luft ein.

Dann aber packte Chris Larrys Arm und rief: »Seht nur, da drüben! Ein Lichtsignal!«

XII
Die Seemöwe liegt im Mondlicht

Sie starrten hinauf zu dem gegenüberliegenden Felsen, wo in regelmäßigen Abständen ein Licht aufflammte und wieder erlosch.

»Ein Signal, tatsächlich!«, sagte Ben endlich und Georg fügte langsam hinzu: »Vom Schmugglerfelsen!«

»Woher?«, fragten die Jungen verwirrt.

»Vom Schmugglerfelsen«, wiederholte Georg. »So wird eine dieser Klippen genannt, und die Leute erzählen, dass hier in früheren Zeiten eine Schmugglerbande ihr Unwesen getrieben haben soll und kein Mensch sich in diese Gegend gewagt hat.«

»Und es jetzt am besten auch nicht täte«, sagte Ben düster.

Sie schwiegen nachdenklich, während sie weiter zu dem Licht hinübersahen, bis es plötzlich endgültig verlöschte.

»Kommt«, sagte Georg leise, und im Schein des aufgegangenen Mondes stiegen sie die Klippen hinauf, gingen weiter über das Plateau bis zum Eingang in den Felsen, den sie vor Stunden in so panischer Angst verlassen hatten. Sie folgten Georg durch den Spalt, gingen den Sims entlang, und Ben dachte in plötzlichem Schrecken: »Hoffentlich gehen die Taschenlampen nicht aus. Hoffentlich halten die Batterien so lange.«

Ab und zu blieben sie stehen, um auf irgendwelche Geräusche oder Stimmen zu lauschen, aber sie hörten nichts, es blieb totenstill.

Als sie in der zweiten Höhle an den Stufen angelangt waren, sagte Georg leise: »Ich gehe erst einmal voran und sehe nach, ob die Luft rein ist. Wartet einen Moment.«

Aber ehe er seine Absicht verwirklichen konnte, legte Ben die Hand auf seinen Arm und flüsterte erregt: »He, Georg, es ist ja Blödsinn, dass wir die Mädchen hier in diesem Felsen suchen! Es gibt doch nur den einen Weg herauf, nicht wahr? Dann hätten wir ihnen ja begegnen müssen, als sie weggebracht wurden, oder wir hätten etwas gehört, wenn es passiert wäre, als wir da unten in dem Loch am Wasser saßen.«

Georg schüttelte den Kopf. »Das ist nicht unbedingt gesagt. Schließlich haben wir uns auch mal unterhalten und nicht immer nur darauf geachtet, was da draußen vor sich geht. Aber daran habe ich auch schon gedacht«, fügte er um einige Grade leiser hinzu, »und da ist mir etwas ganz Verrücktes eingefallen. Wenn es stimmt, was ich denke, dann finden wir die Mädchen auf alle Fälle.«

Anscheinend hatte er nicht die Absicht, nähere Erklärungen abzugeben, denn nach diesen Worten wandte er sich um und stieg die Stufen hinauf.

Die Kinder sahen sich ratlos an. Was meinte er nur? Doch Zeit, darüber nachzudenken, blieb ihnen nicht, denn schon rief er leise: »Alles in Ordnung, kommt!«

Als wäre es ganz selbstverständlich, führte er sie in den zu ihrer Linken gelegenen Gang, der sich nach einigen Schritten zu einer Höhle erweiterte, deren Wände mit einer Unmenge kleinerer Kisten voll gestellt waren.

»Hier haben sie also heute Vormittag geschafft«, sagte Ben nachdenklich, während sie einen Blick in die Runde warfen.

Doch Georg ließ ihnen keine Zeit, sich länger umzusehen, und drängte: »Los, los, wir müssen uns beeilen.«

So liefen sie weiter und merkten, dass der Gang sich allmählich zu senken begann, eine Tatsache, die Georg anscheinend mit Befriedigung erfüllte. Denn seine besorgte Miene erhellte sich und das umso mehr, als es plötzlich nach einem Knick in die Tiefe ging.

Schweigend folgten die drei ihrem Anführer, der nun in immer kürzeren Abständen stehen blieb, um zu lauschen, und Ben dachte: »Komisch, man könnte meinen, er kennt sich hier aus.«

Nach einer Weile blieb Georg von neuem stehen, wandte sich um und schob die Jungen in eine Nische in der Wand. In einiger Entfernung glomm ein schwacher Lichtschein und Georg flüsterte Ben zu: »Wartet einen Moment. Ich will mal sehen, was da los ist.«

Ben nickte, und sein Herz begann schneller zu schlagen. Sollten sich die Mädchen dort irgendwo aufhalten? Mit angehaltenem Atem sahen sie, wie Georg auf den Lichtschein zuschlich und wie Chris ihm ganz unerwartet folgte.

Ben runzelte die Stirn. Was sollte der Blödsinn? Georg würde sehr ärgerlich sein!

Daran aber hatte Chris gar nicht gedacht. Er war so ungeduldig und so aufgeregt, dass er meinte, es auf dem ihnen zugewiesenen Platz nicht eine Sekunde länger aushalten zu können. Vielleicht würden sie ja Lissy und Peggy gleich wieder sehen!

Aber sie sahen niemanden! In der kleinen Höhle, die vor einem anderen, seitlich und nun eben verlaufenden Gang lag, entdeckten sie nichts außer einem Tisch mit einer Stalllaterne und zwei Stühlen. Doch halt, neben der Laterne erspähte Chris etwas Essbares – ein großes Stück Wurst und ein paar Scheiben Brot!

Ohne lange zu überlegen, stürzte er an dem entsetzten Georg vorüber, griff nach beidem und jagte im nächsten Augenblick, gefolgt von Georg, zurück.

Denn sie hatten etwas gehört! Schwere Schritte, die sich aus der entgegengesetzten Richtung näherten!

Dicht an die Wand gepresst, standen sie alle da und lauschten entsetzt. Hier musste sie jeder sofort entdecken! Aber vielleicht hatten sie ja Glück. Vielleicht wollte derjenige, der sich da näherte, nur zu dem gedeckten Tisch.

»Vielleicht will er ja Abendbrot essen«, dachte Chris, während seine Hände, die Wurst und Brot hielten, zitterten.

Und mit dieser Vermutung hatte er Recht, denn gleich darauf hörten sie eine donnernde Stimme: »Hat der Lump mir doch wieder alles weggefressen! Na warte, Bürschchen, wenn ich dich kriege! Dann verpasse ich dir einen tüchtigen Denkzettel!«

Dass mit dem Bürschchen nicht Chris gemeint sein konnte, war wohl ebenso klar wie die Tatsache, dass der Kumpan des Mannes keinen sehr freundlichen Empfang zu erwarten hatte.

»Der prügelt den anderen windelweich«, dachte Chris, als nun von neuem schwere Schritte heranstapften und der Bestohlene brüllte: »Da bist du ja, du Lump. Ich werd dir abgewöhnen, mir mein Essen zu klauen!«

»Ich dir dein Essen klauen?«, brüllte der Beschuldigte zurück, während Chris seinen Raub an sich presste. »Ich soll dir dein Essen geklaut haben?«

»Wer denn sonst? Wer kommt denn sonst hierher, um diese Zeit? Du und kein anderer!«

»Das ist doch …!« Dem vermeintlichen Dieb verschlug es anscheinend vor Wut die Sprache, denn die atemlos Lauschenden hörten nun nichts als ein Poltern, wie von einem umstürzenden Stuhl, schweres Keuchen und danach einen dumpfen Fall.

»Los, die prügeln sich«, flüsterte Georg, und sie jagten davon, an der Höhle vorüber, in der die beiden Männer wie ein einziges großes Knäuel über den Boden rollten. »Die haben uns nicht gesehen!«, dachte er, als sie in den anderen Gang hineinhetzten.

Nach einer Weile blieb Georg stehen und sagte aufatmend: »Das ist noch einmal gut gegangen!«

»Dank meiner Tatkraft«, murmelte Chris. »Wenn ich dem Kerl nicht sein Abendbrot stibitzt hätte und sich die beiden nicht in die Haare geraten wären, stünden wir noch immer an dem gleichen Fleck. Wer weiß, wie lange noch!«

»Der Einfall war wirklich gar nicht so übel«, sagte Larry mit begehrlichem Blick auf Chris' Schätze. Nun holte Georg mit den Worten: »Ich weiß, ich weiß, ihr habt alle einen Mordshunger« sein Taschenmesser hervor und schnitt für jeden eine dicke Scheibe von der Wurst ab.

Nachdem sie sich gestärkt hatten, fühlten sie sich ein wenig besser, und ihre Lebensgeister begannen wieder zu erwachen. Georg machte ihnen nun folgende Eröffnung: »Wisst ihr, was ich glaube, wo wir uns im Augenblick aufhalten? Unter dem Wasser!«

»Unter dem Wasser?« Fassungslos starrten ihn alle an. »Passt auf«, fuhr er fort, »ich nehme an, dass die Vogelklippen und der Schmugglerfelsen durch einen Gang unter Wasser miteinander verbunden sind. Auf den Gedanken bin ich gekommen, als wir vorhin das Lichtsignal sahen und ich an die Geschichten dachte, die die Leute erzählen und in denen davon öfter die Rede ist.

Ich habe mir nie etwas dabei gedacht und die ganze Sache mehr für eine Art Märchen gehalten, aber jetzt … Wir sind ja die ganze Zeit abwärts gelaufen.«

»Und nun denkst du, dass sie die Mädchen im Schmugglerfelsen versteckt haben?«

Georg nickte. »Ja. Es heißt, dass es da nur so von Höhlen und Schlupfwinkeln wimmelt.«

»Und da sollen wir sie finden!« Chris seufzte, aber Georg tröstete ihn: »So schlimm wird es schon nicht sein!«

Sie gingen weiter und Larry stieß Chris ein wenig in die Seite und sagte mit einem Blick hinauf zu der Felsendecke über sich: »Ein komisches Gefühl, dass da oben alles voll Wasser ist, wenn Georg Recht hat.«

Es schien so, als habe er Recht, denn nach einer Weile gelangten sie in einen Gang, der wieder allmählich anstieg. Sie hörten in einiger Entfernung Stimmen, sahen schwankenden Lichtschein, und Georg flüsterte: »Sie kommen auf uns zu! Rechts herein, los!«

Sie verschwanden in einem Gang, an dessen Ende ein fahles Licht sichtbar wurde, und als die Männer vorbeigegangen waren, sagte Ben leise: »Es sieht so aus, als scheint dort der Mond.«

»Das sieht nicht nur so aus, da ist eine Öffnung im Felsen«, entgegnete Larry und fügte seufzend hinzu: »Am liebsten würde ich einmal einen Augenblick Luft schnappen. Ich bin ganz fertig von dem Herumkriechen in all den Gängen!«

Ben und Chris erging es nicht anders, und sie waren

froh, als Georg diesen Vorschlag aufgriff und nachdenklich meinte: »Wir könnten uns bei der Gelegenheit vielleicht orientieren, wo wir uns jetzt aufhalten, ob wir tatsächlich im Schmugglerfelsen sind.«

So schlichen sie vorsichtig weiter und traten wenig später hinaus ins Freie auf einen Felsvorsprung. Wieder atmeten sie in tiefen Zügen die frische Nachtluft ein, sahen hinauf zum Himmel, an dem zwischen hellen, flockigen Wolken die silberne Scheibe des Mondes stand, sahen dann hinunter – und der Atem stockte ihnen.

Zu ihren Füßen auf dem vom leichten Wind bewegten Wasser lag die Seemöwe!

XIII
Macht sofort auf!

Es fehlte nicht viel und jeder Einzelne von ihnen hätte laut gejubelt. Sie hatten die Seemöwe wieder gefunden! Sie konnten nach Spiggy Holes zurückkehren, Hilfe holen, die Polizei benachrichtigen!

»Ich glaube, ich träume«, flüsterte Ben endlich. »Das kann doch gar nicht wahr sein!«

»Es ist aber wahr, es ist aber wahr!«, entgegnete Chris ganz außer Atem vor Glück und Larry lachte leise und sagte: »Du wirst es schon glauben müssen, ob du willst oder nicht.«

»Ich will ja!«, rief Ben und Georg nickte ihnen zu und sagte schnell: »Ich glaube, wir gehen jetzt hinunter. Allzu viel Zeit haben wir schließlich nicht zu verlieren!«

Ach nein, das hatten sie nicht, denn jeden Augenblick konnten sie ja von der Bande überrascht werden!

Es dauerte nicht lange, bis sie am Ziel angelangt waren und mit Erleichterung feststellten, dass man nichts beschädigt hatte und alles an seinem gewohnten Platz lag. Georg nickte befriedigt und meinte nach ei-

nem prüfenden Blick über die von Felsen umgebene kleine Bucht: »Das Segel setzen wir am besten erst, wenn wir hier heraus sind, und nehmen bis dahin die Riemen.«

Seltsamerweise bekam er keine Antwort; stattdessen packte Ben ihn am Arm und flüsterte: »Hör mal! Was ist das?«

Aus der Ferne kam ein schwaches, gleichmäßiges Geräusch, das langsam stärker und stärker wurde.

»Ein Motorboot!«, sagte Georg entsetzt. »Wir müssen uns verstecken!«

Sie jagten zurück, entdeckten zu ihrer Linken einen breiten Felsvorsprung und waren gleich darauf dahinter verschwunden.

»Wenn sie jetzt nur nicht kommen, um die Seemöwe zu versenken«, dachte Ben, und es war ihm, als würde ihm das Herz stehen bleiben vor Schreck.

Atemlos lauschten sie alle. Das Boot kam näher und näher, und plötzlich verstummte das Motorengeräusch, und eine Minute später hörten sie jemanden pfeifen und eine unwillige Stimme sagen: »Wenn du dir nur dieses blöde Gepfeife abgewöhnen könntest! Damit gehst du einem verdammt auf die Nerven!«

»Nerven«, der andere lachte, »das lass den Chef man nicht hören. Für Leute mit Nerven hat der bestimmt keinen Nerv.«

»Ach, halt die Klappe. Denk lieber an unseren Auftrag.«

»So etwas nennst du Auftrag? Das ist für mich ein Kinderspiel!«

Bei diesen Worten lief es nicht nur Ben, sondern auch den anderen eiskalt über den Rücken, denn sie alle meinten nun nichts anderes, als dass die Seemöwe versenkt werden sollte.

»Ach, wenn sie doch wieder gingen!«, dachte Ben verzweifelt. »Wenn sie doch wieder gingen und wir weg könnten!«

In diesem Augenblick sagte der eine der beiden Männer: »Also los, nun erst mal zu Jimmy. Wird ja hoffentlich nicht lange dauern, schließlich will unsereiner auch mal Feierabend machen.«

Die Männer kamen näher und die Lauschenden duckten sich tiefer in ihrem Versteck. Wieder hörten sie das Pfeifen. Schriller und schriller klang es in ihren Ohren und wilder und wilder schlugen ihre Herzen. Wollten die beiden hier vorbei? Dann war alles zu Ende!

Aber nein, kurz vor dem schützenden Felsvorsprung schienen sie eine andere Richtung einzuschlagen. Das gellende Pfeifen wurde schwächer und schwächer, bis der Ton sich endlich ganz verlor.

»Wir müssen weg«, flüsterte Georg und sprang auf. »Aber nicht mit der Seemöwe, das geht nicht schnell genug. Wir nehmen das Motorboot!«

Sie stürzten davon, an der Seemöwe vorüber und waren gerade am Boot der Männer angelangt, als hinter ihnen donnernder Lärm die Stille der Nacht zerriss. Ein wilder, anhaltender Lärm, als würde gegen Holz geschlagen!

»Das kommt von der Seemöwe«, flüsterte Ben. »Da hämmert jemand gegen die Kajütentür!«

»Lass ihn hämmern«, sagte Georg, der sich durch nichts auf der Welt mehr aufhalten lassen wollte. »Lass ihn hämmern, von mir aus bis zum Jüngsten Ge …«

Das Wort erstarb ihm im Mund. Fassungslos lauschten er und die anderen der wohl bekannten Stimme, die nun den dumpfen Lärm noch übertönte:

»Lassen Sie uns heraus! Machen Sie auf! Sie können uns doch nicht einfach hier einsperren!«

»Lissy! Peggy!«, schrien die Jungen, alle Vorsicht außer Acht lassend, und jagten schon mit Georg davon.

»Hoffentlich steckt der Schlüssel!«, dachte Ben, als er die Stufen zur Kajüte herunterstürmte. »Hoffentlich ist der Schlüssel da!«

Er war da und ihn im Schloss herumdrehen und die Tür aufreißen war eins.

»Ben!«, schrie Lissy nach einer Sekunde der Erstarrung. »Du bist es! Ihr seid es! Oh, Ben, Chris, Larry!«

»Wo ist Peggy?«, rief Georg mit einem Blick in die Kajüte.

»Sie schläft. In der Koje.«

»Sie schläft?«

Lissy nickte. »Ich habe auch geschlafen. Bis eben. Ich glaube, die haben uns irgendetwas gegeben, irgendein Schlafmittel.«

»Lasst mich mal durch!«, befahl Georg. »Viel Zeit haben wir nämlich nicht mehr!«

Es wäre ein müßiges Unterfangen gewesen, die Schlafende zu wecken, und so nahm Georg sie kurzerhand über die Schulter und winkte den anderen, ihm zu folgen. »Erzählen können wir nachher«, sagte er schnell. »Lasst uns erst einmal in Sicherheit sein.«

In Sicherheit! Ja, nichts gab es, was sie sehnlicher wünschten als das! Aber es schien, als solle dieser Wunsch noch immer nicht in Erfüllung gehen, denn gerade als sie die Seemöwe verlassen hatten, hörten sie in der Ferne von neuem das Pfeifen. Die Männer kamen zurück!

»Bis zum Motorboot schaffen wir es nicht mehr«, flüsterte Georg. »Wir müssen uns noch einmal verstecken.«

So hockten sie denn gleich darauf, Georg die noch immer schlafende Peggy im Arm, an dem vor kurzem verlassenen Platz hinter dem Felsvorsprung. Der Mond war zwischen den Wolken verschwunden, und Georg hoffte, dass keiner von der Bande sie hier hatte verschwinden sehen.

Das Pfeifen wurde lauter und lauter, die beiden kamen näher und näher, und nun gingen sie in nur wenigen Schritten Entfernung an ihrem Versteck vorüber.

In diesem Augenblick schlug Peggy die Augen auf und starrte Georg an. Er dachte entsetzt: »Jetzt wird sie uns gleich verraten!« und presste dem Mädchen die Hand vor den Mund.

Diese Vorsichtsmaßnahme war jedoch nicht länger als eine Sekunde vonnöten, denn nun hörten sie einen der Männer sagen: »Na, dann wollen wir mal sehen, ob die lieben Kleinen ihren Rausch ausgeschlafen haben.« Die arme Peggy hatte sofort begriffen und ließ statt des befürchteten Jubelrufes nur ein schwaches Seufzen hören. Wie glücklich war sie eben gewesen, als sie Georgs Gesicht vor sich gesehen hatte! Wie glücklich bei dem Gedanken, alle Not sei nun zu Ende!

Aber auch ihre beiden Bewacher sahen sich plötzlich in einer wenig angenehmen Lage. »Das ist doch wohl nicht möglich!«, schrie der eine jetzt so laut, dass die Mädchen zusammenfuhren. »Das geht doch wohl nicht mit rechten Dingen zu!«

»Was ist denn?«, schrie der andere zurück. »Was hast du denn?«

»Was ich habe? Gar nichts! Jedenfalls die Damen nicht, die haben sich inzwischen in Luft aufgelöst!«

»In was haben die sich aufgelöst?«

»In Luft!«

»In was bitte?«

»In Luft, verdammt noch mal, bist du taub?«

»Nee, aber den Blödsinn begreife ich nicht.«

»Ich auch nicht, aber das ist ja schließlich egal. Sie sind nicht da und damit basta!«

»Das gibt's doch gar nicht. Hast du überall nachgesehen?«

»Überall!« Die Stimme des Befragten triefte förmlich

vor Hohn. »Als ob es das überhaupt gibt in diesem Kabuff! Aber du könntest dich ja auch mal herunterbemühen, anstatt da oben Maulaffen feilzuhalten!«

Niemand bemerkte, dass Ben, der anfänglich nur verstohlen hinter dem Felsen hervorgespäht hatte, eben seinen Platz verließ und in Richtung Seemöwe schlich. Undeutlich erkannte er die Umrisse der dunklen Gestalt, die oben an der Treppe stand. In geduckter Haltung lief er weiter, schneller und schneller, und kam gerade herangejagt, als der Mann die Stufen hinabzulaufen begann.

Kaum hatte er die letzte erreicht, da erhielt er einen solchen Stoß in den Rücken, dass er in die Kajüte taumelte, und ehe er es verhindern konnte, wurde die Tür hinter ihm zugeschlagen und der Schlüssel herumgedreht!

»Ich habe sie gefangen!«, schrie Ben, noch während er wieder zurückjagte. »Ich habe sie gefangen!«

Und die Männer hämmerten gegen die Tür und brüllten: »Aufmachen, ihr Idioten! Macht sofort auf!«

XIV
Wir sind da!

Sie rannten alle Ben entgegen, vor Glück und Erleichterung strahlend.

»Oh, Ben«, rief Lissy und Tränen der Freude liefen ihr übers Gesicht. »Oh, Ben, das hast du wunderbar gemacht!«

»Wunderbar!«, schrien Larry und Chris.

»Er hat uns gerettet!« Peggy nickte ernsthaft und Georg schlug Ben auf die Schulter und lachte.

»Donnerwetter, ja. So kann man's ausdrücken! Aber nun lasst uns endgültig verschwinden. Sonst kommt uns am Ende noch einmal etwas dazwischen!«

»Um Gottes willen, nein!«, schrien sie alle entsetzt bei diesem Gedanken, der ja nur zu leicht schreckliche Wirklichkeit werden konnte.

»Nein, nein«, sagte Peggy noch einmal, »jetzt wollen wir endlich nach Hause!«

Auf der Seemöwe hämmerten die Männer noch immer gegen die Tür, brüllten noch immer: »Aufmachen!« Aber niemand kümmerte sich darum.

Der Mond war wieder hinter den Wolken hervorgekommen und tauchte alles in sein silbernes Licht: die Felsen, die kleine Bucht und die Seemöwe, die nun über das ruhige Wasser glitt.

»Aufmachen!«, brüllten die Männer, und als es durch das enge Felsentor hinaus aufs offene Meer ging: »Na wartet, ihr könnt was erleben!«

Chris grinste. »Ich glaube, erleben tut ihr jetzt erst einmal etwas, und das habt ihr redlich verdient.«

Der Wind hatte aufgefrischt, und als Georg das Segel setzte, kam die Seemöwe gut voran. »Ach, bin ich glücklich!«, sagte Lissy mit einem verträumten Blick in die Ferne.

»Und ich hungrig!«, fügte Chris mit einem nicht weniger träumerischen Blick in Richtung Kajüte hinzu.

»Tut mir Leid«, rief Georg und hob bedauernd die Schulter. »An unsere Vorräte können wir ja im Moment nicht ran. Da müssen wir schon den Riemen enger schnallen, bis wir in Spiggy Holes sind.«

»Das ist gar nicht nötig!«, flötete es jetzt aus der Kajüte heraus. »Wenn die Herrschaften Hunger verspüren, wir stehen den Herrschaften nicht im Wege. Wenn Sie sich also herunterbemühen wollen …«

»… dann werdet ihr euch heraufbemühen und dafür sorgen, dass wir an eure Stelle kommen«, ergänzte Chris in Gedanken und grinste.

»Ah, was sehe ich da!«, kam es nun wieder von unten, »Würstchen! Wie wär's, wenn wir uns jetzt ein paar heiß machen würden, Blandy? Knackfrisch mit Senf. Na, was hältst du davon?«

»So eine Gemeinheit«, murmelte Chris erbost, »wenn man das hört, läuft einem ja das Wasser im Mund zusammen.«

»Hör doch gar nicht hin«, riet Larry ihm und versetzte ihm einen freundschaftlichen Stoß in die Seite, »lass sie doch quasseln.«

Doch dieser wohl gemeinte Rat war für jemanden, dessen Magen so heftig knurrte wie der von Chris, nicht so leicht zu befolgen.

»Und Rosinenkuchen!«, rief der Mann jetzt im Ton höchsten Entzückens. »Und Limo! Das wär was für die jungen Damen!«

»Mit Schlafmittel vermischt«, sagte Lissy empört. »Auf diese Weise haben sie uns unschädlich machen wollen. Könnt ihr euch so eine Gemeinheit vorstellen?«

»Das war gemein, ja«, erwiderte Ben, »obwohl ...«

»... obwohl?«

»... ihr auf diese Weise nicht so furchtbar lange Angst habt ausstehen müssen.«

»Na ja«, sagte Lissy nachdenklich, »wenn du es so betrachtest.«

»Er hat ganz Recht!«, bestätigte Peggy erregt. »Ich war schon so halb tot vor Angst! Aber angemerkt haben sie uns nichts«, fügte sie triumphierend hinzu.

»Bestimmt nicht!« Lissy kicherte schon wieder. »Wir haben geschrien und getobt!«

»Wie war das denn überhaupt? Ihr habt ja noch gar nichts erzählt«, sagte Chris, der Würstchen und Rosinenkuchen ganz vergessen hatte.

»Also passt auf«, begann Lissy in gedämpftem Ton. »Als wir gerade die Treppe zur Kajüte hinunterlaufen wollten … wir sollten doch das Mittagessen machen …«

»… sahen wir plötzlich von der anderen Seite her ein Motorboot auf uns zuflitzen«, unterbrach Peggy sie hastig.

»Ich hatte gleich ein so komisches Gefühl«, sagte Lissy.

»Ich auch.«

»Und dann waren sie da, und einer hat das Steuer genommen, und wir haben geschrien wie am Spieß, und sie …«

»… haben gelacht«, sagte Peggy.

»Es klang grässlich«, flüsterte Lissy und schüttelte sich.

»Und dann haben sie gesagt, wenn wir nicht ruhig sind, würden sie uns einsperren.«

»Und ihr wart natürlich nicht ruhig«, sagte Larry.

»Natürlich nicht!«, empörte sich Lissy.

»Und dann haben wir gegen die Tür getrommelt«, fuhr Peggy fort, »und dann …«

»… dann war eigentlich nichts weiter«, ergänzte Lissy nachdenklich, »nur dass wir wahnsinnigen Durst bekamen und eine von den beiden Limoflaschen aufmachten.«

»Und dann wurden wir plötzlich müde«, erzählte Peggy, »ihr könnt euch überhaupt nicht vorstellen, wie müde!«

»Zum Umfallen!«, bestätigte Lissy.

»Und dann sind wir eben eingeschlafen und erst aufgewacht, als alles gleich vorbei war«, schloss Peggy mit strahlendem Lächeln.

»Und ihr?«, erkundigte sich Lissy mitfühlend. »Ihr habt bestimmt auch allerhand hinter euch, ihr Ärmsten!«

»Das kann man wohl sagen!« Chris seufzte und Lissy wiederholte: »Ihr Ärmsten!«, als die Jungen ihren ausführlichen Bericht beendet hatten. »So viel Angst haben wir nicht ausstehen müssen, nicht wahr, Peggy?«

Peggy schüttelte den Kopf und fuhr im nächsten Augenblick, wie die anderen auch, zusammen.

Ein lang gezogener Laut zerriss die Stille, ein Stöhnen, so grässlich, dass es ihnen allen eiskalt über den Rücken lief.

»Was war das?«, flüsterte Lissy entsetzt und erhielt die Antwort auf ihre Frage von ganz anderer Seite als erwartet.

»Meinem Freund ist schlecht geworden!«, rief jetzt einer der Männer in kläglichem Ton. »Hören Sie, wie er stöhnt, meine Herrschaften!« Ein noch grässlicherer Laut folgte diesen Worten.

»Er muss sofort an die frische Luft, sonst garantiere ich für nichts!«

»Ob das stimmt?«, fragte Peggy leise und griff vor Aufregung nach einem ihrer Zopfenden.

»Bei dir piept's wohl, wie?«, sagte Chris und grinste. »Die machen doch nur Theater. Wir sollen ihnen doch nur auf den Leim gehen, damit sie uns zum Schluss noch überwältigen können.«

»Das glaube ich auch.« Georg lachte und rief in Richtung der Kajüte: »Tut mir Leid, meine Herren! Sie mit frischer Luft zu versorgen, dafür bin ich nicht zuständig. Darüber sprechen Sie am besten mit der Polizei. Wir sind ja bald an Ort und Stelle.«

»Bald?«, fragte Peggy atemlos, während der Mann einen Fluch ausstieß.

Georg nickte ihr freundlich zu und sagte: »Na, ein Weilchen dauert es noch, aber über die Hälfte haben wir schon geschafft!«

Den Rest der Fahrt verbrachten sie schweigend, denn sie waren alle zu erschöpft und zu müde, um sich noch viel unterhalten zu können.

Nur einmal sagte Ben bedauernd: »Schade, dass wir die Decke nicht hier oben haben. Dann hätten wir uns ein bisschen hinlegen können.«

»Na, nun haben wir es ja gleich überstanden«, tröstete Georg ihn, »nun werdet ihr bald in euren Betten liegen.«

Ja, nun dauerte es nicht mehr lange, bis sie ihr Ziel erreicht hatten. Als sie sich endlich mit dem Versprechen von Georg verabschiedeten, sofort die Polizei zu benachrichtigen, und den Strand entlangliefen, kam es ihnen vor, als seien Jahre vergangen, seitdem sie diesen Weg das letzte Mal zurückgelegt hatten.

Sie stürmten die Stufen in den Klippen hinauf, sahen Lichtschein durch das Laub der Bäume schimmern, sahen einen Wagen vor der weit geöffneten Haustür stehen und einen Augenblick später einen großen breitschultrigen Mann neben einer zierlichen Gestalt darauf zugehen.

»Wir sind da!«, schrien sie. »Ranny, Miss Jones, wir sind da!«

XV
Wunschlos glücklich

Wortlos starrten die beiden die aus dem Dunkel auf sie zustürmenden Kinder an, wortlos dirigierte Ranny sie ins Haus, und wortlos sank Miss Jones auf den nächstbesten Stuhl. »Dass ihr wieder da seid, Kinder«, flüsterte sie endlich, während sie ihre Tränen mit einem Taschentuch trocknete. »Wie schön, dass ihr wieder da seid!«

»Es hatte ja beinahe den Anschein, als sollten wir euch so bald nicht wieder sehen«, sagte Ranny und klopfte Larry auf die Schulter.

»Dass ihr wieder da seid!«, wiederholte Miss Jones kopfschüttelnd und rief eine Sekunde später mit einem Blick in die blassen Gesichter der fünf: »Aber wie seht ihr aus, Kinder! Was um Himmels willen ist euch nur zugestoßen?«

»Allerhand!« Ben grinste leicht. »Wir erzählen gleich alles, zuerst müssen wir aber …«

»… etwas essen«, ergänzte eine Stimme von der Tür her. Es war Mrs. Fass, die nicht weniger in Sorge um die

Kinder gewesen war als Miss Jones und Ranny. Sie hatte auch keinen Schlaf finden können.

»… die Polizei anrufen«, verbesserte Ben sie lachend.

»Die Polizei?«, rief Miss Jones und schlug die Hände über dem Kopf zusammen. »Habt ihr wieder so was erlebt, dass ihr deren Hilfe in Anspruch nehmen müsst? Übrigens ist sie schon benachrichtigt worden.«

Ranny nickte. »Ich nehme an, dass die Beamten jeden Augenblick hier sind. Ich war gerade im Begriff, ihnen ein Stück entgegenzufahren.«

»Als ihr kamt«, fügte Miss Jones hinzu.

»Und wenn sie sich dann um die beiden Kerle in der Kajüte kümmern, kann Georg sich auch endlich ausruhen und braucht nicht mehr auf sie aufzupassen«, sagte Peggy erleichtert.

»Kerle?«, wiederholte Miss Jones fassungslos. »In der Kajüte? Oh, Kinder, was soll denn das nun wieder bedeuten?«

Doch ehe auch nur irgendjemand diese Frage beantworten konnte, stapften schwere Schritte durch die Diele.

Gleich darauf betraten zwei Polizeibeamte das Zimmer, grüßten höflich und wurden von Ranny mit wenigen Worten von der veränderten Sachlage in Kenntnis gesetzt. »Kinder gibt es also gottlob nicht mehr zu suchen. Aber es sieht ganz so aus, als seien Sie trotzdem nicht umsonst gekommen. Wenn ich die Rasselbande richtig verstanden habe, hat sie von ihrer Reise zwei

Leute mitgebracht, die für Sie vielleicht nicht uninteressant sind.«

»Vielleicht ist gut«, kicherte Lissy.

»Schmuggler sind es!«, rief Chris.

»Verbrecher!« Peggy nickte.

»Schmuggler, Verbrecher!«, stöhnte Miss Jones und schlug wieder die Hände über dem Kopf zusammen.

Die Beamten aber warfen den Kindern zweifelnde Blicke zu, doch Ranny ließ ihnen keine Zeit, lange Überlegungen anzustellen. »Ich begleite Sie selbstverständlich, meine Herren«, sagte er höflich, indem er mit schnellen Schritten zur Tür ging.

»Und nun erzählt«, bat Miss Jones, fügte jedoch im gleichen Atemzug hinzu, während sie sich hastig erhob: »Aber was rede ich! Ihr müsst zu Bett …«

»… und etwas essen«, kam es von der Tür her. Wieder war es Mrs. Fass, diesmal mit einem voll beladenen Tablett, bei dessen Anblick die Lebensgeister der Kinder von neuem erwachten.

Tatsächlich waren sie nun alle wieder so munter geworden, dass sie im Verlauf der Mahlzeit alles Wissenswerte berichteten. Allerdings ermahnte Miss Jones sie hin und wieder, ihre Aufmerksamkeit lieber dem Essen zuzuwenden, damit sie endlich zu Bett kämen.

Nach einer Weile kehrte Ranny in Begleitung Georgs zurück und berichtete: »Alles in Ordnung, die beiden Burschen sind auf dem Weg in ein sicheres Quartier. Übrigens«, fügte er augenzwinkernd hinzu, »bei dem einen ist zu befürchten, dass er sich erkältet. Er hatte Schuhe und Strümpfe in den Vogelklippen vergessen.«

»Aber gepfiffen hat er dieses Mal nicht«, sagte Georg mit einem breiten Lachen.

»Das ist ihm vergangen«, meinte Peggy und griff gedankenverloren nach einem ihrer Zopfenden.

Selbstverständlich wollten die Kinder nun Näheres über die Festnahme der Männer erfahren. Als sie aber ihre Fragen zu stellen begannen, schüttelte Ranny den Kopf und sagte energisch: »Schluss jetzt! Für heute ist Schluss! Ihr müsst unbedingt zu Bett.«

Diesen Ton kannten sie nur zu gut und sie wussten, dass es nun nicht den geringsten Sinn mehr hatte, sich aufs Bitten zu verlegen.

So verschwanden sie denn ohne Widerrede einer nach dem anderen und schliefen wenig später vor Erschöpfung tief und traumlos.

Sie schliefen bis weit in den nächsten Tag hinein und hatten sich gerade um den Frühstückstisch versammelt, als ein Wagen vor dem Haus hielt. Mrs. Fass trat ins Zimmer und brummte: »Ein Herr möchte Sie sprechen, Miss Jones, einer von außerhalb.«

»Von außerhalb?«, wiederholte Miss Jones erstaunt, erhob sich, und ein paar Minuten später wurden die Kinder in das Zimmer gerufen.

»Das sind sie«, sagte die alte Dame lächelnd zu dem Fremden und zu den Kindern: »Kommissar Stevens möchte gern einige Fragen an euch richten.«

»Das auch«, sagte der Kommissar und nickte ihnen freundlich zu. »Zuerst möchte ich euch aber zu dem Fang beglückwünschen, den ihr gemacht habt. Es handelt sich nämlich um eine von uns seit langem gesuchte Bande. Ihr habt uns also einen großen Dienst erwiesen.«

Die Kinder wurden rot vor Freude und Peggy sagte schnell: »Das habe ich mir gleich gedacht.«

Der Kommissar schmunzelte. »Gleich gedacht, so, so. Dann scheint das kleine Fräulein eine ganz Schlaue zu sein, wie?«

»Och«, wehrte Peggy verlegen ab und Kommissar Stevens fuhr nun ernst fort:

»Und deshalb, mein Kind, sollst du mir jetzt folgende Frage beantworten: Ist euch an irgendeinem der Männer, die ihr in den Vogelklippen gesehen habt, etwas Besonderes aufgefallen?«

»Ja, Füße, große schmutzige Füße«, erwiderte Peggy prompt und rief gleich darauf empört in das tosende Gelächter hinein: »Es stimmt doch!«

»Selbstverständlich stimmt es«, sagte Kommissar Stevens begütigend. »Du denkst an einen der beiden Burschen, die jetzt bei uns in Quartier sind. Ich meine aber …«

»… schmutzige Füße kann jeder haben«, flüsterte Larry Chris ins Ohr, woraufhin beide von einem derartigen Lachanfall heimgesucht wurden, dass ihnen die weiteren Worte des Kommissars entgingen: »Ich meine aber etwas ganz Besonderes, zum Beispiel jemanden, der eine schwarze Maske trägt. So einer ist euch nicht zufällig begegnet?«

»Nein«, sagten die Mädchen und Ben wie aus einem Munde.

»Es handelt sich nämlich um Folgendes: Die Halunken, die ihr mitgebracht habt, haben in einem ersten Verhör ausgesagt, dass niemand von ihnen den Chef kennt, dass er sich niemals anders als mit einer Maske vorm Gesicht zeigt. Und nun müssen wir natürlich unser Möglichstes tun und herausfinden, wer es ist, denn wenn wir das Haupt der Bande nicht fassen, war alle Mühe umsonst.«

Die Kinder nickten nachdenklich, auch Larry und Chris, die sich inzwischen wieder erholt hatten. Und alle horchten auf, als der Kommissar nun schmunzelnd fortfuhr: »Das war also der geschäftliche Teil, wenn man es so ausdrücken darf, und nun kommt der private, der euch höchstwahrscheinlich mehr Spaß machen wird. Was haltet ihr von einer Fahrt in die nächste Stadt mit anschließendem Essen in einem Restaurant?«

Wie nicht anders zu erwarten, hielten sie alle eine ganze Menge davon. Schon wenige Minuten später saßen sie fröhlich lachend und schwatzend in dem großen Polizeiwagen und Miss Jones winkte ihnen nach.

Ihre Vorstellungen wurden übrigens bei weitem übertroffen. Der Kommissar erwies sich als der freundlichste Gastgeber, der die seltsamsten und lustigsten Geschichten zu erzählen wusste. Das Lokal war so vornehm, wie es die Kinder selten gesehen hatten, und das Essen war nach einhelliger Meinung Spitze!

»Gestern um diese Zeit ging es uns nicht so gut«, sagte Peggy und schob genießerisch einen Löffel voll Sahneeis in den Mund.

Und damit hatte sie das Stichwort gegeben. Das Gespräch drehte sich um nichts anderes mehr als um die Erlebnisse des gestrigen Tages.

»Hoffentlich finden Sie den Chef noch«, sagte Larry endlich, während er seine langen Beine vorsichtig unter dem Tisch ausstreckte.

»Hoffentlich.« Der Kommissar nickte. »Aber es wird schwer, weil wir nichts weiter wissen, als dass er eine schwarze Maske trägt und, wie die Halunken sagten, hin und wieder ein goldenes Feuerzeug benutzt.«

Einen Augenblick lang starrten die Kinder ihn schweigend an. Das Feuerzeug! Wie hatten sie nur das Feuerzeug vergessen können! Doch ehe einer auch nur den Mund auftun konnte, hatte Ben es schon hervorgeholt, schob es über den Tisch und sagte hastig: »Ich habe gar nicht mehr daran gedacht. Ich habe es oben in den Vogelklippen gefunden, in einem Gang. Vielleicht kann es Ihnen ja etwas nützen. Vielleicht gehört es dem Chef. Aus Gold scheint es ja zu sein, nicht wahr?«

»Hm«, machte Kommissar Stevens abwesend, pfiff beim Anblick der Buchstaben leise durch die Zähne und ließ das glänzende Ding gerade in dem Moment in seine Jackentasche gleiten, als ein elegant gekleideter, hoch gewachsener Mann mit einer dunkel geränderten Hornbrille in die Tür trat.

Der Mann ging an ihrem Tisch vorüber, streifte die Kinder mit einem flüchtigen Blick, grüßte den Kommissar mit ausgesuchter Höflichkeit, und der grüßte ebenso höflich zurück.

»Sie wissen, wem das Feuerzeug gehört, ja?«, fragte Ben leise.

»Ich glaube schon«, entgegnete Kommissar Stevens in dem gleichen gedämpften Ton und fuhr laut und vernehmlich fort: »Hoffentlich hat euch der kleine Ausflug ein wenig Spaß gemacht.« Dann winkte er dem Ober und versäumte nicht, im Hinausgehen in Richtung des Tisches zu grüßen, an dem der Mann mit der Hornbrille Platz genommen hatte.

Wenige Sekunden später gab er seinem Fahrer die Anweisung, die Kinder nach Spiggy Holes zurückzubringen, und entfernte sich eilig nach einem herzlichen Abschied und dem Versprechen: »Ihr hört noch von mir!«

Der Abend brachte die Erklärung für das seltsame Verhalten ihres Gastgebers. Sie hatten sich gerade zum Essen versammelt, da schrillte das Telefon. Nach einiger Zeit kehrte Miss Jones in höchster Aufregung zurück.

»Es war der Kommissar«, sagte sie hastig. »Ich soll euch bestellen, dass er den Chef der Bande festgenommen hat. Dank eurer Hilfe und aufgrund des Feuerzeugs, wie er sagte. Es soll sich um eine der reichsten und angesehensten Persönlichkeiten der Stadt handeln, einen Mann …«

»… mit Hornbrille?«, fragte Ben schnell.

»Mit einer Hornbrille«, bestätigte Miss Jones. »Ihr hättet ihn selber gesehen …«

»Ja, ja, er ging an unserem Tisch vorüber!«, unterbrach Chris sie mit vor Erregung gerötetem Gesicht und Lissy sagte fassungslos: »So hätte ich mir einen Verbrecher niemals vorgestellt!«

»Der Schein trügt oft, mein Kind«, erwiderte Miss Jones nachdenklich und fuhr gleich darauf lächelnd fort: »Aber mit solchen Überlegungen wollen wir uns jetzt nicht aufhalten. Ich habe euch nämlich noch etwas auszurichten, etwas sehr Wichtiges. Kommissar Stevens meinte, ihr solltet euch schon einmal Gedanken über die Verwendung einer Belohnung machen, die ihr euch so redlich verdient habt!«

Die Kinder erröteten vor Freude, schwiegen jedoch ein wenig ratlos.

»Belohnung«, wiederholte Peggy versonnen, während sie nach einem ihrer Zopfenden griff. »Wir haben doch alles.«

»Wir könnten uns etwas für Georg wünschen«, sagte Larry schnell und Chris rief mit leuchtenden Augen: »Das tun wir! Wir selber sind ja nun wunschlos glücklich!«

Enid Blyton

»Fünf Freunde«
bei C. Bertelsmann

Seit über fünfzig Jahren faszinieren die Abenteuer der fünf Freunde Anne, Georg (die eigentlich Georgina heißt), Richard, Julius und Tim, dem Hund, immer wieder neue Generationen junger Leser.

Band 1
Fünf Freunde erforschen die Schatzinsel
Band 2
Fünf Freunde auf neuen Abenteuern
Band 3
Fünf Freunde auf geheimnisvollen Spuren
Band 4
Fünf Freunde auf Schmugglerjagd
Band 5
Fünf Freunde beim Wanderzirkus
Band 6
Fünf Freunde auf der Felseninsel
Band 7
Fünf Freunde im Zeltlager
Band 8
Fünf Freunde geraten in Schwierigkeiten
Band 9
Fünf Freunde helfen ihren Kameraden
Band 10
Fünf Freunde auf großer Fahrt
Band 11
Fünf Freunde als Retter in der Not
Band 12
Fünf Freunde im alten Turm
Band 13
Fünf Freunde jagen die Entführer
Band 14
Fünf Freunde verfolgen die Strandräuber
Band 15
Fünf Freunde wittern ein Geheimnis
Band 16
Fünf Freunde auf dem Leuchtturm
Band 17
Fünf Freunde im Nebel
Band 18
Fünf Freunde und das Burgverlies
Band 19
Fünf Freunde und ein Zigeunermädchen
Band 20
Fünf Freunde und der Zauberer Wu
Band 21
Fünf Freunde machen eine Entdeckung